L'ÉTREINTE DES ÂMES ERRANTES

Première publication : "Le repaire de l'ange" sous le pseudonyme Marlène G. ZADI (Editions GUNTEN 2011).

ISBN : 978-2-9558835-0-1

Marlène Doe

L'ÉTREINTE DES ÂMES ERRANTES

1 - LE RÉVEIL

Prologue

Village de Kévé, Palombo 1893

Son corps avait à peine conscience des kilomètres de marche qu'il venait d'effectuer dans la chaleur étouffante. Il aimait la nuit et la tranquillité que cela pouvait lui procurer. Il savait que peu de personnes se risqueraient à traverser la jungle à la seule faveur de la lune. Trajet qu'il aurait pu effectuer à cheval s'il l'avait souhaité. Mais la marche était indispensable lorsqu'il voulait se perdre dans les réflexions importantes et une chevauchée aurait été trop rapide. Or, il voulait profiter du temps restant. Temps, qu'il avait lui-même décidé d'abréger. Il lui avait été tellement plus facile de penser aux autres qu'à lui-même mais aujourd'hui pouvait-il encore prétendre à cela ? Néanmoins, selon lui, ce qu'il allait faire ce soir serait un don de soi qui le propulserait lui et les siens dans le bonheur éternel. Bientôt, il émergea de l'imposante forêt. La maison se dressait dans la nuit de façon effrayante. L'astre qui avait revêtu sa pleine forme, lui apparaissait tantôt à demi voilé par les nuages sombres, et tantôt majestueux, emplissant le ciel de sa lumière trouble. Il s'arrêta pour observer la demeure. Grâce aux fenêtres, il pouvait voir des ombres humaines bouger ici et là à l'intérieur de la bâtisse. Il attendit un moment afin de retrouver une respiration normale. En face de lui, les mouvements furtifs se firent plus intenses. C'était l'heure. D'un pas décidé, il avança vers son destin, envahi d'une immense allégresse.

1

Kadjè

DE NOS JOURS...

— Cours ! Plus vite !

Hormis nos respirations bruyantes, seul le bruit des feuilles piétinées se faisait entendre alors que nous avancions à toute allure.

— Attention !

Salomé venait d'éviter un arbre de justesse, elle courait tout en surveillant ses arrières. Le fait qu'il put nous suivre l'effrayait, m'effrayait.

Après cinq minutes de course, je lançai :

— C'est bon, je crois que nous l'avons semé, marchons à présent et nous serons bientôt à la maison.

Tout avait commencé en début d'après-midi lorsqu'une Matty, complètement affolée était venue me trouver pour m'informer que sa fille avait disparu. Je connaissais les habitudes de la fillette et devinais sans peine où elle se trouvait. Dans les bois du côté de l'endroit interdit.

Du haut de ses sept ans, Salomé était bourrée de curiosité et avait cette particularité qui caractérisait la plupart des enfants, celle d'être attiré par tout ce qui leur était défendu. Sans réfléchir, je m'étais lancée à sa recherche. Après m'être enfoncée dans les bois plus que de raison, je la vis apeurée et recroquevillée sur elle-même, les larmes aux yeux. Elle avait perdu son chemin. Ce n'était pas la première fois que j'allais à sa recherche mais jamais elle n'avait été aussi loin. A peine m'étais-je approchée d'elle que nous entendîmes un bruit difficile à identifier. Prises de panique, nous avions rapidement décampé. Je ne voulais pas alerter inutilement Matty mais aujourd'hui, il me semblait qu'une conversation importante s'imposait pour mettre du plomb dans la cervelle de cette gamine. Je me tournai vers elle. Elle me parut si fragile que je cherchai mes mots, ne voulant pas me monter trop brusque.

— Dis-moi Salomé, pourquoi retournes-tu sans cesse dans ces bois ? Que cherches-tu ?

Elle leva des yeux innocents vers moi puis éclata en sanglot. Il ne manquait plus que cela. Je me baissai pour me mettre à son niveau.

— Ne pleure pas chérie, je suis juste curieuse. Alors ?

D'une voix timide, elle me dit :

— Je ne sais pas.

— Écoute-moi Salomé, si je te pose cette question c'est pour éviter d'en parler à ta mère. Je ne voudrais pas qu'elle s'inquiète, alors dis-moi pourquoi tu retournes dans ces bois.

Un éclair passa dans ses yeux m'informant qu'elle comprenait la gravité de la situation.

— C'est pour le voir.

— Voir qui ?

— Monsieur Kadjè.

— Mais tu sais que c'est interdit, n'est-ce pas ?

— Oui me dit-elle suite à un sanglot.

— Je crois qu'il faut que tu oublies monsieur Kadjè. Personne ne sait de quoi il est capable. Les rumeurs les plus folles circulent à son encontre. Il serait plus sage que tu t'abstiennes à l'avenir.

Elle garda la tête obstinément baissée, signe de rébellion timide. D'une main, je lui soulevai le menton afin qu'elle croise mon regard.

— Promets-moi Salomé, la priai-je.

Après une brève hésitation, elle se jeta à mon cou et me serra fort contre elle.

— Je te promets, me dit-elle.

À ce moment-là, l'émotion m'envahit et me bouscula tel le vent fouettant une brindille.

— Je te remercie fillette ! lui dis-je en la serrant à mon tour contre moi.

En arrivant au restaurant, je m'affalai sur une chaise tout en observant l'amour déferlant d'une mère pour sa fille. Je n'avais jamais réfléchi à la vitesse à laquelle je m'étais accrochée à cette famille si bouleversante à peine débarquée de mon île. J'ignorais également à quel point le fait que Matty possédait un restaurant avait influé sur notre amitié. Je ne regrettais absolument pas d'avoir vendu le mien avant de quitter ma vie d'avant, mais il m'était indéniablement agréable de retrouver cette même atmosphère à des milliers de kilomètres de chez moi. Cela faisait trois mois déjà que j'étais à Palombo. Ce voyage qui consistait à la base à me familiariser avec mes origines en souvenir de ma défunte mère, était devenu à présent une quête personnelle. Il m'était impossible de savoir quand je retournerai à Tortola tant je me sentais bien ici.

— Peux-tu me dire comment je faisais avant ton arrivée ?

Matty me sortit de mes pensées, m'arrachant un soupir d'aise.

— Je n'en sais strictement rien, m'amusai-je.

— Merci Tania, me dit-elle avec un sourire affectueux.

Elle s'éloigna et revint quelques secondes à peine avec mon plat préféré pour ne pas dire quotidien car je mangeais inlassablement la même chose. J'étais friande de son poisson grillé et largement épicé. J'attaquai mon plat tandis que les clients affluèrent, de plus en plus nombreux. Le restaurant était ouvert sans discontinuer de midi à minuit. C'était de coutume ici, cela reflétait cette convivialité dans laquelle baignait la population. Hormis quelques dissemblances à peine perceptibles, le décor était pratiquement le même, la mer, les cocotiers ainsi que les habitants à la peau ébène. Cependant, sur mon île, le métissage était beaucoup plus courant et j'en étais la preuve. J'étais en train de finir la dernière bouchée du plat que je venais littéralement d'engloutir lorsque j'aperçus Amy. Elle venait chercher Salomé. Elle était en quelque sorte sa nounou mais s'occupait également de tenir la maison en l'absence de Matty qui passait ses journées au restaurant. Elle y résidait tout comme moi.

L'habitation en question était modeste mais possédait quatre chambres à coucher et une cour commune. A mon arrivée, j'avais tout d'abord résidé à l'hôtel quelques jours. Lorsque je fis la connaissance de Matty, sa proposition de me louer l'une de ses chambres vacantes m'avait immédiatement séduite. Louer était devenu une nécessité si elle souhaitait entretenir sa demeure. Elle était seule avec Salomé car son géniteur se fichait éperdument d'elle. Il avait d'ailleurs une dizaine d'autres enfants parsemés dans Palombo. Il ne leur restait qu'une grand-mère, celle qui avait élevé Matty mais elle préférait résider dans un village à une centaine de kilomètres de là en compagnie d'autres séniors. Je la hélai. Elle s'approcha de moi avec une nonchalance étudiée alliant un roulement de bassin à faire damner un saint.

— Que dirais-tu d'aller tout à l'heure à la plage avec Salomé ? lui proposai-je.

Elle afficha un air légèrement peiné.

— J'ai encore beaucoup de boulot à la maison, je n'étais pas là de la matinée.

— Si tu veux, je peux t'aider, à deux ça ira plus vite.

— Non, je ne veux pas abuser de ta gentillesse, tu es un peu comme une invitée.

— Oublie ça. D'ailleurs j'ai fini mon repas.

— D'accord, je vais chercher Salomé et on y va ?

— Je vous attends.

L'après-midi avait été mouvementé et bruyant. Il n'y avait pas foule mais les seuls cris de Salomé avaient suffi à nous martyriser les tympans. Un moment plus tard, Amy se lassa et décida que la fillette avait besoin d'une bonne sieste ; elle la ramena à la maison. Quant à moi, délivrée de tout bruit, je sombrai dans le farniente. Une chose que j'adorais par-dessus tout, était de rester tard sur la plage alors qu'elle avait été désertée depuis longtemps. Être la seule à jouir de cette fine ligne à l'horizon qui m'effrayait mais aussi m'émerveillait tant l'immensité du monde était inéluctable. Cela me mettait en phase avec l'univers dans lequel j'évoluais. Je n'étais qu'un pion dans cette réalité galactique et cela ne pouvait que forcer mon respect devant tant de mystères, surtout dans ce pays niché sur une culture débordante de superstitions diverses. J 'avouerai volontiers qu'avant de connaître cette nouvelle communauté, j'étais assez sceptique quant au monde parallèle dans lequel vivaient certains d'entre nous, consumés par leurs idéologies. A mes yeux, cela revêtait d'une pure lobotomisation, conséquence d'un mal être existentiel. Je pensais plus particulièrement à ma très chère amie laissée derrière moi. Aretha. Que de regrets avais-je pu nourrir après avoir compris ce qui pouvait pousser un être à s'adonner à ce genre de croyances. Pas seulement à cause du désespoir qui les cerne mais aussi grâce à l'envie de fuir un destin tout tracé et pas des plus heureux. De mon mieux, j'ai voulu lui faire comprendre dans une de nos rares conversations téléphoniques, l'obstruction de mon esprit à cette époque pourtant pas si lointaine. Certes, je comprenais mais je n'adhérais pas pour autant. Le fait est que j'avais enfin ouvert les yeux et regardé autour de moi ce qui s'y passait vraiment. Aretha était une vaudouisante. Il était vrai que je n'y connaissais pas grand chose. Mais il ne tenait qu'à moi d'y remédier puisque là où je me trouvais actuellement n'était autre que le berceau du culte vaudou. Perdue dans mes réflexions, je fus surprise par la pénombre qui m'enveloppa tout à coup. Comme à chaque tombée de la nuit depuis quelques temps maintenant, mes pensées allèrent vers mon père. Il y avait quelques mois de cela encore, j'ignorais qui il était. Ma défunte mère n'avait pas jugé utile de me mettre au courant. Mais je ne lui en voulais absolument pas. Elle avait cru agir au mieux, étant donné les circonstances de ma venue au monde. Lorsqu'elle était tombée enceinte, c'était une femme amoureuse. Amoureuse d'un homme promis à une autre. Inutile de préciser qu'elle n'avait pas eu la force de se lancer dans un combat qu'elle jugeait inégal dès le départ, afin de sauvegarder l'amour d'un homme qu'elle pensait finalement n'avoir jamais possédé. Quant à mon père, il avait passé la plupart de son existence dans les regrets. Marié à une femme qu'il n'aimait pas et qui par-dessus tout l'avait floué jusqu'à lui faire élever un fils qui n'était biologiquement pas le sien. L'année qui venait de s'écouler avait été riche en rebondissements. Je faisais la connaissance de mon père ainsi que du frère que je croyais être le mien jusqu'à ce qu'il se fasse assassiner. Même si la vie qu'avait menée mon paternel avait été marquée par la duplicité, une chose avait été cependant vraie, l'amour qu'il éprouva pour ma mère. A présent, il vivait seul à l'autre bout du monde. Parfois, le sentiment d'abandon que je ressentais envers lui m'attristait énormément, comme ce soir. Nous venions juste de nous trouver mais il m'avait été impossible de rester après les drames que nous avions vécus. Cependant, je savais qu'il comprenait la nécessité pour moi d'accomplir ce voyage. Je tâtonnai le sable à la recherche de mon sac. Saisissant mon téléphone, j'y composai machinalement le numéro. Quelques instants plus tard, une voix apaisante me répondit et me débarrassa de mes doutes.

Il était six heures ce matin, lorsque je me levai avec la conviction de vouloir élucider un mystère. Kadjè. Je n'arrivais pas à comprendre la passivité qui animait la population concernant cet homme. Comment pouvaient-ils vivre avec cette épée de Damoclès au-dessus d'eux ? Certes j'ignorais combien de temps encore j'allais séjourner ici, cependant, je ne souhaitais pas être confondue avec les suppliciés au bûcher. Même Salomé faisait preuve de plus de curiosité que la plupart. Ce qui m'amenait à me poser plusieurs questions : Était-ce de la peur ? Ou tout cela n'était que fumisterie ? Je devais m'armer de patience jusqu'à ce soir. Nous étions samedi et comme c'était souvent le cas, le restaurant de Matty jouait les prolongations avec une soirée dansante. Il y aura certainement plus de monde, ce qui me permettra de les questionner à loisir mais en toute discrétion. Je sautai du lit avec une énergie surprenante. Il était vrai que j'adorais prendre mon premier café de la journée en compagnie de Matty. Nous avions pris l'habitude de nous asseoir dans des fauteuils de bois dans sa cour pour siroter notre breuvage. Cela nous permettait de profiter de la quiétude matinale avant l'éveil plénier de la ville. Lorsque je sortis dehors, ma tasse m'attendait déjà, fumante. Je n'eus qu'à prendre place auprès de mon amie. Elle m'accueillit avec l'un de ses chaleureux sourires que j'appréciais tant. Matty était certes une femme menue mais c'était sans compter sur son caractère et sa détermination. Elle arborait un joli visage ébène encadré de magnifiques dreadlocks. Son style faisait partie intégrante de sa personnalité. Elle était authentique. Je ne l'aurais pas imaginée autrement si on m'avait conté son histoire. Nous bûmes en silence un moment, puis je décidai de me lancer.

— Dis-moi Matty, que sais-tu exactement de ce Kadjè ?

Elle leva un visage énigmatique vers moi, puis un sourire joua sur ses lèvres.

— Je savais, me dit-elle en prenant une gorgée de café.

— Qu'est-ce que tu savais ?

— Que tu n'étais pas l'une de celles qui gobaient des histoires sans essayer de comprendre.

— Ah…

Devant mon étonnement, elle rit franchement.

— Je suis comme toi, seulement, je n'ai pas le temps pour ce genre de devinettes. Mais pour répondre à ta question, je ne sais absolument rien de lui.

— Qui sait alors ?

— Là, tu me poses une colle. Mais si tu veux mon avis, la plupart des gens sont dans mon cas.

Elle se pencha vers moi et sur le ton de la confidence dit :

— Nous sommes en Afrique ici. Il y a des choses qui se disent dont nous ignorons la provenance ainsi que la véracité. Si nous devions prêter attention à tout ce qui se racontait, nous ne sortirions plus de chez nous.

— Alors pourquoi interdis-tu à Salomé de s'aventurer dans les bois si tu n'y crois pas ?

Elle leva l'index et se pencha à nouveau vers moi.

— Je n'ai pas dit que je n'y croyais pas mais que je n'y prêtais pas attention.

— Mais comment peux-tu croire en une chose à laquelle la preuve n'a pas été apportée ?

— Tania, cela ne fait que quelques mois que tu es là, ouvre tes yeux et on en reparlera d'ici quelques temps.

— C'est-à-dire ?

— C'est-à-dire qu'il est possible que tu en viennes à croire des choses dont tu n'avais jamais soupçonné l'existence.

Elle m'offrit un sourire, cette fois quelque peu teinté d'amertume, puis porta son regard au loin.

La soirée battait son plein, lorsque je décidai de m'échapper quelques instants de la chaleur étouffante du restaurant. Je pris place sur une chaise en terrasse et soupirai. Quelques instants plus tard, je sursautai au contact d'une main sur mon épaule. Je me retournai et vis Jay. Il faisait office de présence masculine pour Salomé. En d'autres termes, il était le compagnon de Matty. Même si elle ne voulait pas se l'avouer parce qu'elle tenait plus que tout à son indépendance, il s'agissait bien de cela. Mais il savait à qui il avait affaire et entretenait leur relation dans le respect des souhaits de sa compagne. Pour lui, cela se résumait à vivre une relation de couple en privilégiant les avantages et en ignorant les inconvénients. Que demander de plus ? En ce qui me concernait, cet homme me paraissait être quelqu'un de bien et j'espérais que Matty finît par baisser ne serait-ce qu'un peu sa garde et profiter pleinement. Déçu par l'administration pour laquelle il travaillait, Jay s'en était détourné il y avait quelques années et avait monté sa propre affaire de voitures d'occasion en provenance d'Europe. Pour reprendre sa propre expression « *à chacun de créer son bout de verdure* », phrase à laquelle j'adhérais complètement puisque je pensais que l'essentiel reposait entre nos propres mains.

— Salut *amédjro*, me dit-il.

Il avait pris l'habitude de m'appeler ainsi, ce qui signifiait étrangère ou invité dans la langue communément véhiculée dans cette région.

— Salut Jay, comment vas-tu ?

Il s'installa en face de moi.

— J'évite de traîner dans les jupes de Matty.

— Je vois…

Il tassa sa cigarette sur la table avant de l'allumer.

J'observais son profil tandis qu'il propulsait la fumée hors de sa bouche. Je fus saisie par le tableau. Avec sa barbe de deux jours et son crâne rasé, il me fit l'effet d'un *cowboy* des temps modernes. Lorsqu'il se retourna et darda son regard sur moi, je compris que cet homme était malheureux. J'avais l'impression de le voir vraiment pour la première fois. Je réalisai subitement que ce que je prenais pour de la complaisance était en réalité de la fierté. Il m'était à présent évident que Jay souffrait d'être dans l'ombre de Matty.

— Veux-tu en parler ? lui demandai-je.

Il me jaugea un moment comme s'il hésitait à le faire, puis finalement, il m'accorda un mince sourire.

— Cela ne servirait à rien.

Nous nous confondîmes dans le silence, ne jouissant plus que du brouhaha entre éclats de rire et musique en provenance de la salle.

— Dans ce cas, permets-moi de te changer les idées, lui lançai-je au bout d'un moment en ayant une idée derrière la tête.

Il s'adossa à sa chaise me prouvant ainsi que j'avais son attention.

— Je t'écoute me dit-il avec un sourire moqueur.

Je sentis que cela n'allait pas être une tâche facile mais je me jetai tout de même à l'eau.

— Qu'est-ce que tu peux me dire sur le fameux Kadjè ?

Il me toisa avec incompréhension, puis éclata de rire.

— C'est comme ça que tu comptes me changer les idées ?

— S'il te plaît, je suis sérieuse. Dis-moi ce que tu sais sur lui.

— Pourquoi ?

— Comme ça…

— C'est Matty qui t'a parlé de lui ?

— Pourquoi tu réponds à mes questions par d'autres

questions ?

Il éclata à nouveau de rire.

— On dirait que tu commences à t'ennuyer ferme ici.

— Non, pas du tout mais je suis curieuse de nature. Disons que je n'arrive pas à comprendre comment quelqu'un peut tenir une population en haleine alors qu'on ignore tout de lui, rétorquai-je.

— En ce qui me concerne, personne ne me tient.

Je levai un sourcil affichant ainsi ma dubitation. Il haussa les épaules.

— Ce ne sont que des balivernes.

— Tu parles de quoi ? Kadjè ?

— Oui. Il se tut et aspira une bouffée de sa cigarette, me laissant sur ma faim.

— C'est tout ?

— Comment ça c'est tout ?

— Tu n'y crois pas toi ?

— Je vais être plus direct, je m'en fiche. Tu ferais mieux de te trouver une autre occupation.

— Selon moi, il n'y a pas de fumée sans feu.

— Sur ce point, je suis entièrement d'accord avec toi, me dit-il.

— Alors, l'origine de cette histoire ne t'intéresse donc pas ?

— Je crois que tu ne m'écoutes pas, je m'en fiche complètement de ce Kadjè. J'ai d'autres chats à fouetter.

Devant son air résigné, j'éclatai de rire à mon tour. Vraiment, j'appréciais beaucoup Jay.

Trois. C'était le nombre de jours restant avant d'avoir vingt-sept ans. J'ignorais pourquoi à l'approche de chaque date anniversaire, je remettais mon existence en question. Aujourd'hui, il s'agissait de savoir ce que je voulais faire de cette vie, trouver ma voie. J'en avais une vague idée mais il me faudrait néanmoins l'aborder avec plus de tangibilité. J'étais persuadée que mon séjour en Afrique de l'ouest m'aiderait à le mûrir. Le soleil était déjà en train d'œuvrer comme dans ses meilleurs jours lorsque je sortis de la maison, mon sac à dos à l'épaule. Je me dirigeai à grand pas vers le centre de la ville pour prendre le bus car j'étais en retard. J'avais envie de découvrir le nord du pays mais je ne pouvais pas m'y rendre avec mes amis, tous accaparés par leur travail. Cela faisait une semaine déjà que je planifiais cette excursion dans les montagnes de Kopali. D'après Matty, en revenant, je ne serais plus la même. Il me tardait de découvrir les paysages que j'avais tant imaginés dans ma tête sans pouvoir en profiter pleinement. Lorsque j'arrivai enfin, le bus était toujours là ou plutôt devrais-je dire le camion. J'en avais toutefois déjà aperçu des semblables sillonner la ville, il s'agissait d'un taxi-brousse. Il était déjà bondé et je me demandai où j'allais bien pouvoir m'asseoir. J'observai les passagers et découvris que j'étais la seule habillée d'un jean et d'un débardeur. La plupart des femmes arboraient de magnifiques tenues en pagnes malgré la vétusté du transport. Le chauffeur me remarqua aussitôt et s'approcha de moi. Il m'expliqua dans quelle ville descendre pour pouvoir effectuer mon excursion. Il fut surpris que je fusse seule mais ne releva pas. Il demanda ensuite qu'on me fît une place afin de pouvoir m'installer. A ce moment-là, j'eus une pensée pour Aretha. Jamais elle n'aurait emprunté ce genre de transport avec ses hauts talons, extrêmement sophistiqués. L'idée me fit sourire et les autres passagers me regardèrent avec étonnement. Quelques instants plus tard, mon carrosse se mit en branle. Je n'avais pas remarqué que des poules étaient du voyage jusqu'à ce qu'elles se missent à caqueter.

Ce qui arriva pendant ces trois heures de voyage fut pour moi, une première. Il n'y avait pas de mots pour décrire le décor dans lequel j'évoluais. Je n'aurais pu imaginer mieux car dans mon passé, lorsque j'évoquais l'Afrique, c'était exactement à cela que je pensais. Ces routes de terre ocre bordées d'une végétation luxuriante, traversée par des troupeaux de buffles ou encore, les étalages de marchandises improvisés à ses abords. Quel plaisir ce fut pour moi de sauter du camion à chaque arrêt pour discuter avec les marchands ou acheter des bricoles. Je ressentais une certaine liberté à laquelle je n'avais jamais goûté dans ma vie. L'anonymat. Être loin de tout, en pleine brousse, là où personne ne viendrait me chercher, loin de toute responsabilité et de toute superficialité. Oui, j'adorais cela. C'était stupéfiant. J'étais tellement émue que les larmes coulèrent sans autorisation sur mon visage. La femme, assise à côté de moi, me surprit en me caressant gentiment les épaules. Je doutais fort cependant qu'elle pût comprendre ce qui était en train de bouleverser mon être tout entier, mais sa compassion me réchauffa. Soudain, je vis les montagnes dressées au-dessus de nous et je me rendis compte que nous avions déjà commencé l'ascension. Je profitai du reste du trajet dans un silence proche du recueillement. Que n'aurais-je pas donné pour que ma mère fût à mes côtés. C'est à ce moment-là que je pris conscience d'une chose. L'impossibilité de pouvoir réaliser tous ses souhaits le temps d'une vie pour la plupart d'entre nous car nous n'étions pas maîtres de notre expiration. Bientôt, le camion s'arrêta et je descendis avec quelques voyageurs. Le chauffeur m'informa qu'il repassera en fin d'après-midi au même endroit pour le retour.

Nous n'étions pas loin du marché et je décidai de commencer par là avant d'aller explorer dans les terres. Je me séparai de mes compagnons de voyage avec regrets. Je m'enfonçai seule dans le marché bondé. J'étais hélée de toute part mais celui qui attira mon attention fut le marchand de coco. J'avais tellement soif que lorsque je le vis sabrer le fruit à l'aide d'un coupe-coupe, je me précipitai vers lui. Il me le tendit comme s'il m'attendait. Je m'en saisis des deux mains et en bus goulûment le jus. Le bonheur à l'état pur. Je le remerciai d'un large sourire et le payai, il hocha la tête cérémonieusement puis cria pour qu'on me dégageât le passage. Je déambulai encore quelques temps, puis demandai mon chemin pour accéder à l'endroit dont on m'avait tant parlé. Je marchai près d'une demi-heure pour y arriver. Heureusement, le trajet n'étant pas compliqué, il me serait aisé de retrouver mon chemin au retour. Aidée par les bruits de l'eau, je me retrouvai rapidement dans un endroit qui ne pouvait être que l'antre d'un ange. La cascade de Kopali. C'était tout simplement magnifique. Je me débarrassai de mon sac et me mis à mitrailler le paysage à l'aide de mon appareil photo, insatiable. Mais une chose me tentait par-dessus tout, me baigner dans cette eau qui m'appelait avec tant de beauté. Délaissant mon appareil, je me déshabillai rapidement, puis trempai un pied dedans. Divin. Sans plus attendre, je m'y glissai entièrement, consumée par tant de douceur. Mon abandon dura longtemps. J'ignorais exactement combien de temps je m'étais prélassée, mais je fus ramenée à la réalité par des bruits quelque peu étranges. Mon instinct me prévint que je n'étais plus seule. Je me précipitai hors de l'eau et enfilai mes vêtements à la hâte. Mon jean me donna du fil à retordre, j'étais mouillée et je n'avais pas prévu de serviette de bain. Néanmoins, une fois habillée, je m'arrêtai pour écouter la forêt. Les oiseaux qui étaient devenus bruyants quelques minutes plus tôt s'étaient tus. Il se passait quelque chose, il fallait que je regagne la route rapidement. Je commençai à regretter de m'être aventurée aussi loin sans compagnie. Hélas, il était trop tard maintenant. Je me mis en marche et ce fut à ce moment-là que je le vis. Mon sang se glaça. J'étais prise au piège. Derrière moi, se trouvait la cascade et devant moi, le danger à surmonter. Le choix qui s'offrait à moi n'était intéressant que pour le guépard qui me barrait la route. Comment avais-je pu être aussi irréfléchie ? L'animal était là, à me fixer, sûrement aussi surpris que moi. Je n'avais aucune chance contre lui. Etait-ce comme cela que j'allais perdre la vie qui m'avait été confiée et pendant laquelle je n'avais rien entrepris ? La frayeur s'empara de moi, je réalisai alors que c'était inévitablement la fin. Dans un geste désespéré, je voulus reculer mais compris trop tard que je signais là, mon arrêt de mort. L'animal bondit et au même moment, mes yeux se perdirent dans le néant.

2

Rencontres

La tombée de la nuit consommée, des hommes arborant des tambours, affluèrent en nombre. La foule s'était empressée dans la grande cour, adepte et en attente. Au bout d'un moment, les musiciens vinrent se placer au centre de l'arène formée par les hommes et se mirent à jouer, annonçant ainsi l'arrivée d'importantes personnalités. Bientôt, les maîtres de cérémonie firent leur apparition, reconnaissables dans l'affluence grâce à leurs têtes enturbannées d'un tissu blanc, et au nombre de gens se prosternant devant eux. Lentement, ils se dirigèrent vers un grand dais installé à leur intention. Les tambours se firent plus énergiques. Des personnes, dont les corps étaient recouverts de craies blanches, avec des pagnes noués autour du rein, se mirent à danser avec une hardiesse indescriptible, noyant peu à peu, leur corps de sueur. De temps en temps, des femmes aux têtes couvertes de foulards avançaient et leur tamponnaient le visage à l'aide de suaires. Ils exécutèrent ainsi leur danse endiablée jusqu'à s'abandonner dans une transe morbide. Les spectateurs frémissaient dans l'attente de ce qui allait s'ensuivre dans le centre de l'arène. Soudain, la musique cessa. L'un des hommes au turban se leva et cria à plusieurs reprises : « ban pu ja ! » pour annoncer qu'il était l'heure. Quelques instants plus tard, un cortège fit son apparition et la musique reprit de plus belle. Il parcourut avec une lenteur désespérante la distance jusqu'au centre de la foule, puis la musique se tut à nouveau. La procession s'immobilisa, un homme enturbanné avança d'un pas et entonna une mélopée. Lorsqu'il finit, un autre, à l'allure austère, accoutré d'une longue tunique noire se pencha quelques instants vers le cortège puis se releva, les bras chargés d'un corps inerte et dit « djéwu ! apé o dono é yè ! » dont la signification n'était que « seigneur ! Voici ton sacrifice ! ».

Je me réveillai heureuse en constatant que j'étais dans un lit. Tout cela n'était qu'un affreux cauchemar. Je voulus m'étirer mais hurlai de douleur, tout mon corps était endolori. Était-ce réellement un mauvais rêve ou avais-je échappé à mon lugubre sort ? Je regardai autour de moi et arrêtai immédiatement de respirer. Je ne reconnaissais absolument pas cette chambre. Je me précipitai hors du lit manquant de m'affaler par terre, surprise par la hauteur du lit. J'allai me poster devant la seule fenêtre de la pièce. Je ne vis rien à part la pénombre car la nuit avait déjà fait son entrée. C'était sûre, je n'étais pas chez Matty. Alors où étais-je ? J'avançai jusqu'à la porte et tournai la poignée, m'attendant à ce qu'elle fût verrouillée, mais elle céda. Au moment de franchir le seuil, je pris conscience de mon accoutrement. Où étaient passés mon jean et mon débardeur ? Je n'avais pour tout vêtement qu'une longue chemise de nuit en coton blanc. Je restai interdite ignorant que faire, puis avec une lenteur accablante, je retournai m'asseoir sur le lit pour réfléchir. Cette pièce était superbement décorée. Tout ce qu'elle contenait avait l'air d'être d'une certaine époque et surtout d'avoir coûté son prix. La dernière chose dont je me souvenais était la cascade de Kopali…et d'un guépard qui avait réussi à me pousser dans mes retranchements.

— Bonsoir madame.

Je sursautai en entendant cette voix à laquelle je ne m'attendais pas.

— Je vois que vous êtes réveillée. Comment vous sentez-vous ?

Je détaillai la jeune femme qui venait d'apparaître avec ébahissement, elle me semblait tout droit sortie d'une autre époque avec sa longue robe bouffante verte à col blanc et sa coupe afro indisciplinée.

— Qui êtes-vous ? demandai-je.

Elle me sourit chaleureusement et sans me répondre, se dirigea vers une armoire et en sortit une élégante robe noire qu'elle posa sur le lit.

— C'est votre tenue pour ce soir. Le maître vous attend pour dîner et je dois préparer votre bain. Elle ouvrit une porte adjacente à la pièce.

— Attendez ! criai-je presque. Pouvez-vous me dire où je suis ?

— Nous ne sommes pas très loin de Kopali, me répondit-elle avant de se rendre dans la salle de bain. Je la suivis et la questionnai à nouveau.

— Comment suis-je arrivée ici ?

Elle me regarda comme si elle ne comprenait pas mon langage, puis son visage se ferma.

— Je suis désolée de ne pas pouvoir vous renseigner mais monsieur vous le dira sans doute.

— Et qui est monsieur ?

Cette fois-ci, elle me présenta un visage réellement offusqué. Je ne comprenais absolument rien. Peut-être me prenait-elle pour une amie de son maître et si c'était le cas, je pouvais aisément concevoir que pour elle, mes questions devaient être déroutantes.

— Où sont mes vêtements ?

— Je les ai remis au lavage, madame.

— Pourquoi ?

— Je ne pouvais faire autrement, ils étaient pleins de boue.

On frappa à la porte et elle alla ouvrir. Un jeune homme noir, se tenait sur le seuil avec deux brocs d'eaux fumantes. Il l'aida à les transporter dans la salle de bain, puis disparut.

Incrédule face à ce qui se passait sous mes yeux, je me pinçai en espérant découvrir que tout ceci n'était qu'un rêve. Mais ce ne fut pas le cas, à mon grand désarroi. Je décidai de la laisser s'occuper de mon bain. Tôt ou tard, je serai fixée.

Lorsqu'elle revint me chercher une heure plus tard pour le dîner, je fus prise d'une immense appréhension. Durant ma toilette, j'avais disposé du temps nécessaire pour réfléchir à ma situation. Il fallait impérativement que je regagne la ville après le repas. Peu m'importait comment, il le fallait. J'emboîtai le pas de la jeune femme dans le long couloir séparant la chambre de l'escalier tout en admirant la beauté des lieux. Cette propriété m'avait l'air gigantesque. Nous arrivâmes dans un grand hall au rez-de-chaussée. Nos talons claquèrent sur le sol boisé, et je me souvins que le plancher de l'étage ainsi que les marches étaient recouverts d'un tapis qui avait rendu nos pas feutrés contrairement à l'afrormosia, actuellement sous nos pieds. Je remarquai que dans chaque angle des murs, étaient nichés, d'extraordinaires vases de poterie tous différents les uns des autres. Cette maison me plaisait, elle dégageait une aura de bien-être qui m'apaisait mais lorsque mon guide s'arrêta devant une lourde porte en bois, mon appréhension revint avec force. La jeune femme donna quelques coups avec une telle discrétion que je me demandai si le « maître » avait entendu. Cependant, mes doutes s'envolèrent lorsque j'entendis une voix en provenance de l'intérieur.

— Entrez !

Elle m'invita d'un geste de la main à pénétrer dans la pièce où j'étais attendue. J'essayai de calmer l'anxiété qui m'envahissait en raisonnant intelligemment, au vu des circonstances. Si j'avais pu survivre à l'attaque d'un guépard alors que les jeux semblaient faits, cet homme ne pouvait être que mon bienfaiteur. Je finis par mettre un pied devant l'autre et fis mon entrée dans une pièce aux proportions généreuses. Tout d'abord, je fus interloquée de constater qu'elle était vide, puis en me mouvant un peu, je l'aperçus. Il me tournait le dos et contemplait ce que j'imaginais être le jardin. Mais que pouvait-il apercevoir dans cette obscurité ?

— Bonsoir, me hasardai-je.

Il se retourna instantanément. Je ne compris pas tout de suite ce qui m'arrivait mais j'eus l'impression d'avoir été happée dans un monde sans limites, extensible à souhait et que je volais à perte de vue ignorant si je reposerais le pied à terre un jour. Je divaguais d'une façon embarrassante tandis qu'il me scrutait avec gravité. L'expression que reflétait mon visage m'étant étrangère, je ne pouvais savoir l'image que je renvoyais. J'espérais cependant que ce ne n'était pas celle de l'idiote aux yeux exorbités et dont la bouche était en *porte ouverte*. Il avança vers moi et attendit. Je tendis ma main en guise de salutation. Il s'en saisit et me fit un baisemain. Existait-il donc encore des *gentlemen* dans ce monde ? Apparemment oui. Un.

— Je m'appelle Ernest, commença-t-il, puis reculant d'un pas pour mieux m'observer, il questionna :

— Comment vous sentez-vous ?

— Très bien, merci, réussis-je à articuler. Moi, c'est Tania.

Me précédant, il tira un siège pour me permettre de m'asseoir à la table en ébène, au poli magnifique. Pendant qu'il gagnait sa chaise à l'autre bout, j'eus le loisir de l'observer à son insu. A son physique, je devinai qu'il s'épanouissait dans la trentaine. Tout de noir vêtu, il arborait une chemise à manche longue et un pantalon en toile. Sa couleur de peau étant proche de la mienne, j'en déduisis que nous étions faits du même panachage bien qu'il fût légèrement plus foncé. Ses cheveux noirs coupés très courts, presque rasés, laissaient place à des traits fins et harmonieux. Quant à ses yeux…soudain, il plongea son regard dans le mien et je pus en constater la couleur noisette. J'eus envie de rire en prenant conscience du ridicule de la situation. Je m'apprêtai à dîner en compagnie d'un homme que je n'avais jamais vu de ma vie, dans un endroit qui m'était complètement inconnu à des milliers de kilomètres de chez moi. D'ordinaire, j'avais en horreur ce genre de table interminable qui tendait plus à isoler les gens que de maintenir la convivialité qu'on lui prêtait. Nous étions si éloignés qu'une longue-vue n'aurait pas été de trop. Toutefois, aujourd'hui, j'envisageais cette distance avec sérénité car elle était mon alliée pour dissimuler à cet homme, mes âneries comportementales soudaines face à lui.

— Monsieur…

— Je vous en prie, appelez-moi Ernest, me dit-il avec un chaleureux sourire.

Je lui souris à mon tour sans m'en rendre compte tant le sien était communicatif.

— Ernest. J'avoue que je ne comprends rien à la situation. Pouvez-vous m'expliquer ce que je fais chez vous ?

— Parfaitement, tout ceci n'est que le fruit d'un malentendu.

— Un malentendu ?

— Exactement. Voyez-vous, je me promenais cet après-midi près de la cascade lorsque je vous ai vue, allongée par terre. Vous étiez seulement inconsciente, heureusement.

— J'ai dû m'évanouir de peur. J'étais sur le point d'être attaquée par un animal sauvage.

— Vous faites erreur, me dit-il.

— Comment cela ?

J'essayais de comprendre où j'avais pu commettre une erreur. Il émit un sourire en coin mais garda la tête baissée lorsqu'il me répondit.

— L'animal ne voulait pas vous attaquer.

— Je ne suis pas sûre de saisir où vous voulez en venir.

— Cet animal est un agneau.

— Mais comment pouvez-vous le savoir ? Je vous dis qu'il voulait m'attaquer.

— Il voulait juste me protéger, rétorqua-t-il.

— Ce qui revient au même, dis-je.

— Vous vous trompez, me dit-il en me regardant enfin.

Je restai dubitative. Il se leva et me demanda de l'excuser. Il sortit de la pièce me laissant plus frustrée que jamais pendant que ses mots prenaient un sens dans ma tête, *«il voulait juste me protéger»*. Mon attente ne dura pas. Quelques instants plus tard, il revint accompagné de mon pire cauchemar. Je me levai d'un bond, effrayée. Il tendit sa main vers moi pour me signifier de me calmer.

— N'ayez pas peur, elle s'appelle Zina. Elle m'appartient.

J'en restai coite. N'avait-il rien trouvé d'autre comme animal de compagnie ? Il avança vers moi en la tenant par le cou. Je n'arrivais pas à savoir si j'étais dans la réalité ou si finalement j'étais morte. Tout cela me semblait si improbable. Il se pencha vers l'impressionnante bête et lui parla si bas que je ne fus pas sûre d'avoir entendu. Le fauve trottina vers moi avec une lenteur calculée comme s'il ne voulait pas m'effrayer mais j'étais pétrifiée. Je n'avais nulle part où me sauver. La colère m'envahit soudain. Pourquoi devrais-je soumettre à nouveau ma vie au danger et entre les mains de cet homme-là, sous prétexte qu'il m'avait déjà sauvée une fois ? Je détestais être prise au dépourvu. Lorsqu'elle arriva près de moi, Zina posa sa tête avec délicatesse sur ma cuisse et s'y frotta avec douceur. Cela me remua bizarrement. Je vis confuse, ma main tressauter. Je jetai un coup d'œil à son maître, guettant son aval. Il me fit un signe affirmatif de la tête, alors j'avançai ma main avec prudence et caressai la fourrure bestiale. Zina leva vers moi des yeux si expressifs que je crus sur le coup qu'elle me lançait un message muet. C'était inattendu et bouleversant. J'étais en train de faire des mamours à un guépard ! Cette scène irréelle dura quelques instants et ce fut trop tôt que le maître de maison me quitta une nouvelle fois, emportant l'animal avec lui. Mon esprit se mit en ébullition tant j'avais de questions mais sans réponses. Outre ma curiosité grandissante envers ce duo, j'avais besoin de réponses concrètes et il me les fallait maintenant. Je décidai d'aller à sa rencontre et lorsque j'ouvris la porte, nous manquâmes de rentrer en collision. Il fut aussi surpris que moi.

— Ça va ? me demanda-t-il, désolé.

— Oui…

— Vous me cherchiez ?

— Oui, écoutez, je vous suis sincèrement reconnaissante pour tout mais là, je dois rentrer.

— Où voulez-vous rentrer ?

— À la capitale.

— Je vois…mais avant toute chose, il serait plus raisonnable de souper. Djiantou ne va pas tarder à nous servir.

— On m'attend là-bas et ils doivent s'inquiéter à présent… peut-être pourrais-je leur donner un coup de fil ?

— Je regrette mais je ne suis pas équipé ici. Venez, allons nous asseoir, me proposa-t-il en me montrant mon siège. J'obtempérai et nous reprîmes nos places autour de la table comme s'il ne s'était rien passé. Le silence menaçait de s'installer quand la porte s'ouvrit sur la jeune femme qui m'avait accueillie à mon réveil, à ma grande satisfaction. C'était probablement elle, Djiantou. Elle disposa les mets avec grâce, puis sortit. J'examinai mon assiette avec convoitise et je me rendis compte à quel point j'avais faim.

— C'est de la soupe de gombo, m'exposa-t-il.

— Je sais. J'adore ça.

Je voulais dévorer ce plat le plus vite possible et rentrer mais je réfrénai cette envie car mon hôte attendait. J'attrapai ma cuillère avec résolution tout en faisant abstraction du fait que je ne mangeais plus qu'avec mes doigts depuis quelques mois. Je goûtai à la première bouchée et fus transportée par tant de saveur.

— C'est délicieux, lui dis-je pour le rassurer et pour qu'il détourne enfin son regard de moi afin que je puisse satisfaire ma faim. Cela fonctionna et il se mit à manger à son tour.

— Comment comptiez-vous regagner la ville ? me demanda-t-il à brûle-pourpoint.

— Euh… comme je suis venue ce matin, en transport.

— Je vois.

— Je m'étonne que vous n'ayez pas de téléphone. Ce n'est pas… un peu difficile pour communiquer ?

— Non, absolument pas. C'est un choix délibéré. Lorsque je suis ici, j'aime être coupé du monde sinon je reste en ville. Ici, il n'y a rien qui puisse indiquer l'époque dans laquelle nous vivons. Comme vous pouvez l'observer, il n'y pas d'électricité non plus.

— Non, je ne l'avais pas remarqué. J'avoue que la maison est extraordinairement éclairée.

Je regardai autour de moi et constatai qu'en effet à l'instar des chandeliers disposés sur la table, les murs étaient pourvus d'appliques en cuivre vieilli derrière lesquelles, brulaient des flammes. J'appréciai aussi pour la première fois, le lustre en fer forgé et cuir suspendu au-dessus de nos têtes.

— Hum… j'ai bien choisi mon jour pour laisser mon portable à la maison. J'étais sûre d'attraper le dernier taxi-brousse.

— Votre maison ? questionna-t-il visiblement très curieux.

— Non, la maison appartient à une amie chez qui je réside.

— C'est donc elle qui doit être morte d'inquiétude…dit-il tout bas comme s'il se parlait à lui-même.

— Exactement et cela m'ennuie beaucoup. Voyez-vous, je ne suis pas d'ici. Je viens de l'étranger, elle doit s'imaginer que je me suis perdue quelque part dans la nature.

— J'ai remarqué que vous n'étiez pas d'ici.

— À cause de mon accent ?

— Oui et non, dit-il tranquillement en continuant de manger.

Je m'exhortai au calme, je n'allais pas le supplier pour qu'il m'en dît plus.

— Je dois me rendre en ville demain, je n'aurais qu'à vous déposer où vous voulez.

— Ah parce que vous avez une voiture ? demandai-je.

Il perçut mon ironie et marcha sur mes traces.

— Non, un cheval.

J'éclatai de rire et il fit de même.

Le reste du repas se déroula dans la convivialité car n'ayant visiblement pas le choix, j'avais choisi de me détendre et d'attendre la suite. Mais malgré cela, et sans pouvoir l'expliquer, je sentais une certaine réserve de mon hôte à mon égard. Ce qui suivit ensuite ne fit qu'approfondir ma confusion. Lorsque nous finîmes de dîner, il vint à ma rencontre pour m'aider à me lever. Décidément, tout n'était pas perdu dans ce monde !

— Cette robe vous va à ravir, apprécia-t-il.

— Je vous remercie de me l'avoir prêtée. Sa propriétaire et moi devons faire la même taille.

Il me regarda avec un éclat particulier au fond des yeux, puis détourna le regard.

— On dirait, lâcha-t-il.

Ensuite, nous nous installâmes dans un grand canapé recouvert de tissu bogolan aux motifs énigmatiques. Il m'expliqua que souvent, après le dîner, il prenait un breuvage à base de mil. Je décidai de le suivre et d'y goûter. Djiantou revint à nouveau avec une étrange bouteille, tout en longueur mais pourvue d'une base aplatie et ronde, accompagnée de deux petits verres. Ernest entreprit de nous servir mais à moi, juste un petit fond. Je me jetai à l'eau et en bus une gorgée. Je crus ma dernière heure arrivée tant mon visage me fit l'effet d'un brasier. Je pris quelques instants pour m'en remettre, et appréciai le goût laissé par le liquide dans ma bouche.

— Waouh… c'est spécial, il y a de l'alcool là-dedans…

Il rit.

— Oui, un peu… beaucoup. Vous savez, vous n'êtes pas obligée d'en boire.

— Oui, je sais mais c'est bon. Spécial mais bon.

Il me resservit en prenant soin de ne pas remplir mon verre. Cet homme m'intriguait et réveillait ma curiosité. Je voulais lui poser des questions mais n'osais pas, il m'intimidait. Il m'ouvrit cependant la brèche en commençant le premier.

— Pourquoi êtes-vous venue dans notre pays ? Suis-je indiscret ?

Il formula la dernière interrogation avec trop d'innocence, ce qui me prouva qu'il était bien plus intéressé qu'il ne voulait le faire croire. Et par la même occasion, m'apporta un regain d'assurance.

— Non, je voulais découvrir l'Afrique.

— Pourquoi Palombo précisément ?

Il avait posé son verre. Je découvris avec confusion que j'accaparai toute son attention.

— Eh bien, d'après ce que je sais… je parle là des recherches que j'ai effectuées, il est probable que mes origines se trouvent quelque part ici.

— Et d'où venez-vous exactement ?

— De Tortola, îles vierges britanniques.

— En effet, il est fort possible que les résultats de vos recherches soient exacts. Nos côtes ont été particulièrement actives durant la traite négrière.

Je bus une gorgée du fameux breuvage sous son regard insistant, et manquai de m'étrangler. D'un bond, il fut près de moi et me tapota le dos.

— Ça va mieux ?

— Oui, désolée, je suis une maladroite née.

Il éclata de rire. Je ne savais pas comment le prendre. Etait-il en train de se payer ma tête ? Il dut surprendre mon expression car il arrêta immédiatement mais ne put se départir de son sourire.

— C'est juste que vous me faîtes penser à quelqu'un.

Il s'éloigna de moi et reprit sa place initiale.

— Vous vivez seul ? lui-demandai-je.

— Non, vous connaissez Djiantou, il y a aussi Kindra qui nous a préparé notre repas de ce soir, Olivio et Cewa. Pour information Djiantou et Olivio sont les enfants de Kindra et Cewa.

— Je ne parlais pas de votre personnel mais de votre famille.

— Ils sont ma famille.

— Oui, bien évidemment, dis-je légèrement frustrée. Je

poursuivis néanmoins.

— Vous n'avez pas d'enfants ? De femme ?

— Non. Non, je n'ai pas d'enfants.

Il avala la dernière gorgée et posa son verre vide. Puis mêlant son regard au mien, il poursuivit :

— Et je n'ai pas de femme.

Il se leva brusquement.

— Il se fait tard, je pense que vous devriez vous reposer. Je vous envoie Djiantou. Bonne nuit Tania.

Il s'inclina légèrement, puis quitta la pièce.

Son départ me laissa perplexe. J'avais la désagréable sensation de lui avoir déplu. Mais en faisant quoi ? J'avais beau me repasser notre conversation, je n'arrivais pas à conclure sur un point en particulier. Je ne pus pousser plus loin mes interrogations car la jeune femme m'attendait déjà sur le seuil.

—   Avez-vous besoin de quelque chose madame ? demanda-t-elle.

— Non, je veux juste aller me coucher.

Elle m'accompagna et nous fîmes le même trajet qu'auparavant dans le sens inverse. Arrivée dans la chambre, je vis la chemise de nuit posée sur le lit ainsi qu'une tasse de thé sur la table de chevet. Djiantou me demanda si j'avais encore besoin d'elle, puis s'éclipsa en promettant que mes vêtements seraient prêts à mon réveil. Je n'étais pas fatiguée. Je me dirigeai vers mon sac à dos qu'on avait posé sur une chaise et y sortis un magazine que j'avais ramené avec moi pour le voyage. Je retournai m'installer sur le lit pour le feuilleter. Je tournais les pages sans vraiment les voir, puis arriva ce qui devait arriver, je finis par m'assoupir. Ce ne fut en aucun cas un moment de répit, ma quiétude fut bouleversée par des rêves étranges et dépourvus de sens. J'ouvris brusquement les yeux, persuadée de ne plus être seule dans la chambre mais je l'étais bel et bien. Finalement j'entrepris d'éteindre la bougie restée allumée et refermai les yeux en espérant cette fois-ci, trouver un sommeil paisible.

Le lendemain, ce que je découvris était sans pareil. Hier, la nuit m'avait empêchée d'admirer la beauté extérieure de cette demeure. J'étais perdue dans la contemplation d'un immense jardin soigneusement entretenu prolongé d'une étendue de forêt à perte de vue. La maison était bâtie dans une clairière et nul voisin à vue d'œil. Un havre de paix. Je comprenais mieux à présent pourquoi le propriétaire voulait communier avec la nature. J'aperçus Zina dehors, allongée sur le parterre engazonné, profitant des bienfaits du soleil. On frappa à la porte et celle-ci s'ouvrit simultanément. Je me décollai de la fenêtre à regret. Ma cameriste attitrée fit son entrée avec mes habits de la veille. J'étais heureuse de cette nouvelle journée qui débutait car cela signifiait que j'allais enfin rentrer et rassurer Matty, qui j'en étais persuadée, n'avait pas dû fermer l'œil de la nuit. Quelques instants plus tard, Olivio arriva avec mes brocs d'eaux chaudes. Je dispensai Djiantou de m'attendre pendant ma toilette. Celle-ci terminée, je me risquai seule dans le couloir. J'appréciai l'endroit de façon différente. Ma nervosité de la veille lorsque je l'arpentais, m'avait empêchée de remarquer la rangée de portraits décorant les murs. Sûrement des ancêtres d'Ernest. Je m'arrêtai un instant pour les admirer un à un. Une figure attira mon attention. Sur le coup, je crus qu'il s'agissait de mon hôte tant la ressemblance était frappante mais le tableau datait. Il devait certainement s'agir de son père. Je finis néanmoins mon exploration sur une interrogation. Sur le mur, on pouvait encore discerner la trace laissée par une toile qui y avait séjournée. Pourquoi l'avait-on enlevée ? Querelles de famille ? Je ne m'y attardai cependant pas et pris la direction de l'escalier. Djiantou m'accueillit en bas des marches et m'escorta comme la veille. Lorsque j'arrivai dans la salle à manger, la table était déjà dressée pour le petit déjeuner mais pour une seule personne. Le maître des lieux avait-il déjà mangé ? Je me tournai vers la jeune femme.

— Monsieur Ernest a-t-il déjà mangé ? lui demandai-je.

— Oui, madame. Il se lève très tôt, me répondit-elle.

— Puis-je le voir ?

— Il s'est absenté, madame. Il fait sa promenade habituelle à cheval.

L'évocation de cet animal m'arracha un sourire car cela me remémora une partie de notre conversation de la veille où planait l'ironie. Je m'attablai, terriblement déçue. La porte s'ouvrit bientôt sur une femme rondelette et extrêmement belle que je devinai être Kindra. Elle était chargée d'un plateau qu'elle déposa sur la table, contenant différents petits plats qui avaient l'air appétissant.

— Bonjour madame, me dit-elle avec un sourire affectueux.

— Bonjour, vous devez être Kindra.

— Oui, madame. Ne sachant pas comment vous le préférez, je vous ai aussi mis le jus.

Du doigt, elle désigna quelque chose que je n'avais encore jamais vu.

— Qu'est-ce que c'est ? questionnai-je.

— C'est du pain de singe.

— Du pain de singe ?

Elle rit devant mon ignorance, puis m'éclaira.

— Oui, c'est le fruit du baobab, on l'appelle ainsi.

— Oh… oui, je sais ce que c'est mais je n'en avais jamais vu.

Elle rit à nouveau, puis me dit.

— J'en déduis que vous n'en avez jamais mangé.

— Vous devinez juste mais il y a un début à tout.

— Absolument. Bon appétit madame !

Elle s'éclipsa suivie de Djiantou. Je demeurai seule.

3

Disparitions

Les éclats de voix me parvinrent de la rue. Je me précipitai affolée dans la maison. Dans la cour intérieure, se tenaient Matty et Jay, plus énervés que jamais. J'espérais de tout mon cœur ne pas être pas à l'origine de ce conflit loin d'être anodin. La scène qui se déroula ensuite aurait pu être tirée d'un film dramatique. Dès qu'ils perçurent ma présence, ils se tournèrent vers moi instantanément et se figèrent. Matty écarquilla les yeux, puis me demanda :

— C'est bien toi ?

— Oui, c'est moi Matty, je suis si désolée.

— J'ai cru devenir folle Tania, murmura-t-elle, puis s'élançant vers moi, elle se jeta dans mes bras. Je sentis la main de Jay presser légèrement mon épaule, puis il partit, nous laissant seules à nos retrouvailles. Je m'écartai de mon amie pour scruter son visage.

— Que se passe-t-il Matty ? J'espère sincèrement que je ne suis pas responsable de cette dispute ?

— Pourquoi le serais-tu ? Elle haussa les épaules. Jay et moi avons toujours traîné des problèmes mais ce n'est pas le moment d'en parler. Tu sais, je n'ai pas fermé l'œil de la nuit.

— J'en étais sûre. Encore une fois je suis désolée mais je ne pouvais pas te joindre.

— Pourquoi n'es-tu pas rentrée ? Que t'est-il arrivé ?

— J'ai loupé le taxi-brousse du retour et…

Mes yeux se perdirent dans le vague, coupant court à mes explications. Mon amie remarqua aussitôt mon égarement.

— Te rappelles-tu m'avoir dit qu'en revenant de mon escapade, je ne serais plus la même ?

— Oui, bien sûr.

— Eh bien, tu avais raison.

Devinant que mes propos étaient lourds de sens, Matty me prit par la main et nous nous installâmes dans la cour comme tous les matins. Elle effleura sa montre du regard et me dit :

— J'ai encore quelques minutes à te consacrer. Si tu me racontais tout ?

J'étais partagée entre l'envie folle que j'avais de tout lui révéler et la réticence à l'idée de lui parler de choses que je ne comprenais pas moi-même. Mais Matty était quelqu'un à qui je pouvais me confier sans craindre un jugement désobligeant.

— J'ai trouvé cette fameuse cascade. C'était génial, de la pure magnificence. Je n'ai pas pu résister à l'envie de prendre un bain et c'est là que tout a commencé.

— Qu'est-ce qui a commencé ? demanda-t-elle, curieuse.

— J'ignorais que je pouvais rencontrer des animaux sauvages dans ce coin-là. J'ai eu tellement peur lorsque je suis tombée nez à nez avec un guépard.

— Un guépard ? Tu as survécu à un guépard ?

— En fait, il se trouvait être un animal apprivoisé. Ma frayeur était telle que j'ai perdu conscience. Son maître m'a trouvée et m'a ramenée chez lui.

Matty se racla la gorge, refoulant un rire.

— Je vois, me dit-elle. Et c'est chez cet homme que tu as passé la nuit ?

— Exactement.

— C'est très gentil à lui de t'avoir hébergée.

— Oui, mais malheureusement, il n'avait pas de ligne téléphonique et j'avais laissé mon portable ici.

— Je sais, d'ailleurs il a sonné plusieurs fois. Elle me tapota l'épaule et me dit :

— L'essentiel est que tu sois là saine et sauve. Je crois que nous pouvons remercier cet homme. C'est lui qui t'a ramenée ?

Je n'avais pas eu l'occasion de revoir Ernest ce matin avant de partir. Après mon petit-déjeuner, Djiantou m'avait accompagnée dehors où était garée, la voiture. J'avais été surprise de voir quelqu'un d'autre assis au volant. Cewa m'avait donc prévenue que le maître des lieux était retenu par des affaires plus urgentes, et par conséquent, différait son départ. Toutefois, il mettait sa voiture à ma disposition.

— Non, son chauffeur, répondis-je.

— C'est tout ?

— Oui, c'est tout. Que veux-tu savoir de plus ?

— Je ne sais pas, tu ne me parles pas de lui. Comment était-il ? Jeune, vieux ?

— Il était jeune, beau et possède une demeure extraordinaire.

— Tout ça ?

— Oui, tout ça. Nous nous regardâmes et éclatâmes de rire. Un rire qui reflétait le soulagement. Nous savions toutes les deux que cela aurait pu mal se terminer.

Le visage de Matty endossa soudain un masque de gravité.

— Tu sais, je me suis d'autant plus inquiétée à cause d'une disparition ou plutôt deux disparitions qui ont eu lieu avant hier. Il s'agirait de deux filles âgées d'une vingtaine d'années. La population commence à s'inquiéter car il y a déjà eu une affaire de ce genre dans le passé et elles n'ont jamais été retrouvées. Nous devons redoubler de vigilance. Promets-moi de faire attention.

— Ne t'inquiète pas. Je ne vais nulle part pour l'instant. Tu devrais filer, je ne veux pas te mettre en retard. Je te rejoindrai plus tard.

— Tu as raison. En retard, je le suis déjà. A tout à l'heure.

Matty se leva et s'élança dehors. Je regardai autour de moi, la maison était vide et j'y étais seule.

La question était de savoir jusqu'à quand. Jusqu'à quand allait-il devoir leur obéir avant d'obtenir ce qu'il briguait le plus. Un souhait qui au final semblait le diriger peu à peu vers une impasse. Que pouvait-il faire de mieux ? Il y avait fort longtemps que le ciel s'était obscurci au-dessus de sa tête et il avait cessé de croire au miracle. Après avoir fait la part des choses entre le bien et le mal, il avait finalement choisi. Le bien ne menait nulle part excepté à se perdre soi-même au bénéfice des autres. Quant au mal, c'était pire. Mais au moins y trouvait-il son compte provisoirement. C'était ainsi qu'il vivotait, en commettant de menus larcins jusqu'au jour où il les rencontra. Le fait était qu'il ne s'y attendait absolument pas. Sa vie chamboula soudainement. Fini, de se poser les mêmes questions aux premières lueurs du soleil. Fini, la lutte perpétuelle entre lui et les commerçants dépouillés. Grâce à eux, il avait un travail et un toit. Mais ce n'était pas pour autant qu'il se glorifiait. La route vers la respectabilité lui semblait lointaine, voire impossible. Mais c'était à cause du mince espoir qui continuait de rayonner en son for intérieur, qu'il se trouvait là aujourd'hui, caché derrière un arbre à l'observer. Il avait aperçu à plusieurs reprises, cette petite fille en sa compagnie. Il savait que ce n'était pas la sienne mais celui de son employeuse. Il pouvait se vanter d'en connaître plus que de raison sur elle, et non pas seulement à cause du temps qu'il passait à la filer. Lorsqu'elle arriva près de lui avec un cabas chargé de provisions, il ne put s'empêcher de la héler.

— Amy !

Elle se retourna vivement. Lorsqu'elle le reconnut, elle le dévisagea sévèrement puis repartit.

— Non, attend ! C'est important !

Elle s'arrêta et dit à Salomé :

— Attend-moi là. Puis elle avança vers lui, tendue.

— Qu'est-ce qui est important ? lui cracha-t-elle.
Pour toutes réponses, il lui tendit une enveloppe. Elle ne broncha pas.
— S'il te plaît, tiens.
— Je ne veux rien de toi.
— Ce n'est pas à moi mais à toi.
— Si tu essaies de te rattraper, c'est trop tard, rien de ce que tu feras, ne pourra effacer tout le mal que tu nous as causé.
Il baissa la tête.
— Je sais, mais il faut que tu prennes ça, je te le dois.
— Non, si je l'accepte, je deviendrai ta complice et ça je ne le veux pour rien au monde. À l'avenir, évite de me suivre. Je ne suis pas dupe. Je te vois m'espionner.
Sur ce, elle alla rejoindre Salomé. La curiosité de la gamine prit le dessus.
— C'est qui, Amy ?
— Personne, fais comme si tu ne l'avais jamais vu. Elle attrapa fermement la main de la fillette et elles partirent.

Assise dans un fauteuil en bois, je mirais le feu qui brûlait dans le foyer en pierre, installé dans la cour. Mon portable retentit. Un coup d'œil m'apprit que j'allai avoir Tortola en ligne. Je décrochai frémissante d'impatience.
— Allo ! dis-je d'une voix chantante.
— Coucou ma belle !
— Théo ! C'est bien toi ?
— Qui veux-tu que ce soit d'autre ?
Je ris, ravie d'entendre cette voix appartenant à mon ami de toujours, qui me manquait énormément.
— Bon anniversaire ! me hurla-t-il.
— Tu es en avance ! C'est demain, lui dis-je faussement offensée.
— Tu rigoles ? J'ai calculé le décalage horaire, il doit être

minuit chez toi.

Je regardai ma montre.

— A vrai dire, il est 23h56 ! Mais rassure-toi, ton impatience me comble !

— J'espère bien ! Tu me manques horriblement et la maison est vide sans toi. Tu reviens quand ?

Après la mort de ma mère, ne voulant pas vivre seule, Aretha et Théo étaient venus se joindre à moi. Partager cette maison avec eux, m'avait ramené à la vie et me permettait de profiter pleinement de mes deux amis les plus fidèles.

— Je ne sais pas encore mais tu me manques terriblement aussi… qu'est-ce que j'entends là ?

Je tendis l'oreille et reconnut sans peine la musique de fond que couvrait la voix de mon ami. Et pour cause, c'était une vieille chanson que nous adorions.

— Laisse-moi deviner, soit tu es affreusement nostalgique ou…

— Ou ?

— Oh Théo, tu es amoureux !

— Je ne peux rien te cacher, même lorsque tu es à des milliers de kilomètres, c'est très frustrant !

— Tu sais aussi bien que moi qu'à chaque fois que l'un de nous écoute cette chanson, c'est qu'il y a *anguille sous roche* !

— Exact.

— C'est qui ? Je le connais ?

— Absolument pas !

— C'est sérieux ?

— L'avenir nous le dira.

— Oh, je vois, c'est donc sérieux. Je suis si contente pour toi. J'espère pouvoir bientôt le rencontrer. Il a intérêt à être gentil avec toi sinon je viendrai lui botter les fesses en personne.

— Je n'ai aucun doute là-dessus. Et toi comment ça se passe là-bas ?

— Très bien, tu ne peux pas savoir à quel point je me sens bien ici. J'ai déjà trouvé bien plus que ce que j'étais venue chercher.

— Aucun homme à l'horizon ? Avec toi, il doit surtout s'agir d'émeutes !

— Arrête tes bêtises. Je dirai que je suis un peu frileuse, tu te rappelles la dernière fois que j'ai fréquenté quelqu'un, enfin si on peut appeler ça comme ça.

— Tout le monde n'est pas comme ce timbré de Marcus.

— Je sais…je sais. Et le journal ?

— Ça va, il se pourrait même que je commence à voyager bientôt, tu vois dans le genre reporter. Les choses sont en train de bouger ici, comme ton père va nous racheter…

— Quoi ?

— Il ne te l'a pas dit ?

— Non, mais je pense que c'est une bonne chose pour toi, ça élargira tes horizons.

— C'est exactement ce que je me suis dit. Bon, il doit être minuit maintenant, alors joyeux anniversaire !

— Merci encore Théo…

— Ne bouge pas, Aretha me hurle dessus, je te la passe. Je t'embrasse très fort.

— Moi aussi.

J'attendis à peine une seconde lorsque la voix de mon amie emplit le récepteur.

— Ce n'est pas trop tôt, j'ai cru qu'il allait s'endormir dessus !

— Salut Aretha, ça va toi ?

— Oui, joyeux anniversaire beauté ! Bon, il va sérieusement falloir que tu te dégottes un mâle ! Heu... qu'est-ce que j'entends là ? Ah oui le tic-tac de l'horloge !

— Rappelle-moi ton âge Aretha… si je me souviens bien, tu as un an de plus que moi.

— Ne parlons pas de choses qui fâchent, tu veux bien ?

J'éclatai de rire.

— Je te rappelle que c'est toi qui as commencé, lui dis-je. Mais bon, trêve de plaisanteries, tout va bien à la maison ?

— Oui, nous sommes juste impatients que tu rentres. Tu me manques !

— Tu me manques aussi.

— Tu sais, ton père passe régulièrement nous voir, on dirait que c'est une façon de se rapprocher de toi. Il reste discuter ou regarder la télé avec nous, puis il s'en va.

Sa révélation me bouleversait. En effet, sa villa devait lui sembler bien vide maintenant que sa femme croupissait sous les verrous.

— Je l'ignorais, c'est très prévenant de sa part, répliquai-je.

— Oui, c'est un homme bien, tu as de la chance de l'avoir pour père, me dit-elle.

— Je sais.

— Dès que tu auras une idée de la date de ton retour, tu nous tiendras au courant, ok ?

— Ok.

— Je t'embrasse très fort.

— Moi aussi et surveille le prétendant de Théo, je ne voudrais pas qu'il souffre encore.

— Ne t'inquiète pas, même s'il me gonfle la plupart du temps, je ne laisserai personne me le briser.

— Je sais, à bientôt !

Lorsque je raccrochai, j'eus l'impression que je venais de recevoir une perfusion contenant de l'énergie. C'était le fait d'entendre ces personnes que j'aimais par-dessus tout qui me donnait cette force, car ils étaient plus que des amis, ils étaient ma famille.

Je venais d'avaler la dernière goutte de mon café lorsqu'une Matty surexcitée m'annonça que j'étais interdite à la maison jusqu'à 17 heures. Un coup d'œil à ma montre m'apprit que j'allais probablement errer pas mal de temps et surtout, je devais trouver une occupation intéressante. Il n'était que 9 heures. Et si je me consacrais à Kadjè ? Je n'en avais pas fini avec lui. Encore fallait-il qu'il existât. Mais c'était un mystère qu'il me plaisait de résoudre.

— Je pourrais aller chercher Salomé à l'école si tu veux ? Comme ça Amy aura tout le temps de comploter avec toi.

— Quelle bonne idée ! C'est parfait, me dit Matty. Je sais que tu te doutes bien de ce qu'on te prépare, mais faisons comme si tu n'en savais rien, ok ?

— Mais tu sais que tout cela est inutile.

— Tais-toi donc et commence à chercher une occupation pour ta journée.

— C'est fait !

— Pourquoi cela ne m'étonne pas ? dit-elle en riant. Tu m'accompagnes ?

— Si tu veux, j'irai ensuite flâner au marché.

Lorsque nous nous quittâmes devant le restaurant, Matty me rappela :

— Je t'attends pour le déjeuner.

— Je ne risque pas d'oublier, à tout à l'heure.

Malgré tout ce que j'engloutissais, elle s'inquiétait de ma minceur et m'interdisais de rater un repas. Une vraie mère poule ! Je commençai ma promenade sans fin, en me rendant sur la grande place. Je fus accueillie par un tapage indescriptible comme à l'accoutumé. Malgré ma faiblesse pour la solitude à mes heures choisies, j'adorais me délecter du bruit de la foule. M'approchant d'un salon de coiffure, j'étudiai la question de redonner vie à mes cheveux. Bruns, ondulés et fournis, ils étaient à l'abandon depuis quelques temps. Peut-être devrais-je tenter quelque chose ? Je pris ma décision lorsque je vis mon reflet dans la vitrine du salon. Par ailleurs, j'avais tout mon temps ! Je ressortis de là, une heure plus tard, les cheveux disciplinés en de soyeuses boucles cascadant sur mes épaules. Seul problème, ma tenue jurait à présent avec cette coiffure élégante et soignée. Je jetai un coup d'œil à mon jean et à mes tongs, mais peu m'importait, le décalé avait toujours été dans ma nature. Détournée de mes réflexions par l'horloge de l'église sonnant 10h30, Je n'entendis pas Sika me saluer. Je pris conscience que je me trouvais devant son épicerie. J'aimais bavarder avec cette femme, elle était l'âme de ce quartier.

— Je t'ai vue sortir du salon, tu es très belle ! me dit-elle

— Merci, comment vas-tu ?

— Bien, et toi ? demandai-je en m'installant près du comptoir.

— Parfaitement, tu veux boire quelque chose ?

— Volontiers, dis-je car la chaleur du salon m'avait asséchée la gorge. Aurais-tu du bissap ?

— Et comment ! Elle se rua dans le fond du magasin où se trouvait la cuisine, car ce jus à base de fleurs d'hibiscus, elle le réalisait elle-même et c'était une pure merveille. Elle revint et me le servit frappé comme j'aimais dans un gobelet en inox. Elle cogna le sien contre le mien et je pus me délecter de cette boisson rafraîchissante. Nous discutâmes quelques instants, puis je m'aventurai à lui poser la question qui habitait mes lèvres depuis quelques temps.

— Au fait, que sais-tu de Kadjè ?

— Kadjè ? Tu parles du Kadjè des bois ?

— Oui, il y en aurait un autre ? lui demandai-je en riant.

— Non justement, et selon moi, il y en a pas du tout.

— Pas du tout ? la questionnai-je surprise.

— Il n'existe pas.

— Tu ne crois pas à cette histoire ?

— Non.

— Tu me surprends, la plupart des gens semblent redouter de s'aventurer dans la forêt.

— Pas moi, je connais bien ces bois, me dit-elle en me fixant droit dans les yeux.

— Et il n'y a personne là-bas ?

Elle me regarda d'un air sceptique.

— Quoi ? Ma curiosité t'étonne ? lui demandai-je.

— Non, pas vraiment, après tout il n'y a rien de plus normal. Tu arrives quelque part où subsiste une rumeur entretenue par la population depuis des années. Si tu as l'âme d'une aventurière, tu voudras savoir. Elle me sourit et son regard s'arrêta quelque part dans mon dos.

— Désolé de vous interrompre mais j'ai cru reconnaître une voix, en prononça une autre, masculine.

Ce timbre… je le reconnaîtrais entre mille. Cet intermède dans ma vie que je refusais d'analyser depuis deux jours m'explosa au visage. Lentement, je fis volte-face et me retrouvai nez à nez avec la décontraction personnifiée. Il était vêtu d'un jean bleu rehaussé d'une chemise blanche au col déboutonné et aux manches retroussées. Mon coup de cœur, fut indubitablement pour les sandales en cuir marron. Il était là, attendant que je sorte de l'atonie dont j'étais prisonnière. Sika vint à mon secours.

— Vous êtes-vous trompé ou au contraire, avez-vous vu juste ? lui demanda-t-elle.

— J'ai vu juste, répondit-il en se tournant vers moi. Bonjour Tania.

Sika me lança un regard lourd de sens, ce qui eut pour effet de me donner une décharge électrique.

— Bonjour Ernest, réussis-je à balbutier.

Il émit un grand sourire de satisfaction puis se tourna vers Sika.

— Encore une fois, je suis désolé de vous interrompre mais auriez-vous cette boisson maltée…

— Vous la voulez comment ? le coupa-t-elle.

— Bien fraîche, s'il vous plaît.

Lorsqu'elle nous abandonna, je dus rassembler tout mon courage pour l'affronter. Je levai les yeux vers lui et le vis en pleine contemplation de ma personne. Je ne pus que faire de même. Ce moment me parut durer une éternité. Ni lui, ni moi, ne prononçâmes le moindre mot jusqu'au retour de Sika. Il s'empara de la petite bouteille décapsulée tendue par Sika et lui nicha au creux de la main, un billet avec lequel il pourrait acheter une caisse de cette même boisson. Il n'exigea pas de monnaie au grand plaisir de la commerçante. Pour couper court aux questions auxquelles je ne voulais pas répondre, je pris congé de Sika. Il me suivit dehors. Je le sentis hésitant mais ceci ne révélait que de l'intuition car l'homme respirait l'assurance.

— Comment allez-vous ?

— Bien et vous ?

— Je suis désolé d'avoir manqué votre départ l'autre jour mais j'étais occupé…le voyage s'est-il bien passé ?

— Parfaitement. Moi non plus je n'ai pas eu l'occasion de vous remercier pour votre hospitalité.

Il balaya mes propos de sa main tenant la boisson.

— Inutile de me remercier, c'était la moindre des choses, répondit-t-il en me fixant.

Il n'avait pas encore bu une seule gorgée.

— C'est bizarre… dis-je, incapable de retenir un sourire.

— Qu'est-ce qui est bizarre ?

— Cela fait trois mois que je réside dans cette ville et je ne vous avais jamais vu. Il a fallu que vous me sauviez la vie pour que je vous revoie et dans les deux jours ! C'est un phénomène que j'ai déjà observé.

— Quoi ? Je ne suis pas le seul à vous avoir sauvé la vie ? demanda-t-il, amusé.

— Malheureusement non, et si on considère réellement les faits, vous ne m'avez pas sauvé la vie.

Son regard s'assombrit imperceptiblement.

— Vous n'êtes pas d'accord avec moi ? insistais-je. On remarque une personne pour la première fois alors qu'on ne l'avait jamais vue auparavant, puis les rencontres se succèdent.

— N'est-ce pas justement parce qu'on lui a prêté de l'attention que plus tard, on est à même de la reconnaître parmi tant d'autres ?

Il éludait ma question mais dans le fond, il n'avait pas tort.

— C'est juste, admis-je.

— Vos cheveux sont différents, me dit-il en les désignant de la main.

— Oui, je suis passée chez le coiffeur aujourd'hui. C'est jour de fête si on peut dire, me justifiai-je en fourrageant dans ma tignasse.

— Très joli, dit-il en portant la bouteille à sa bouche pour la première fois. Et qu'est-ce que vous fêtez ?

— Rien d'extraordinaire, à part qu'il y a vingt-sept ans je poussais mon premier cri à l'autre bout du monde.

— Oh, je vois. Mais vous vous trompez en disant que cela n'a rien d'extraordinaire. Le simple fait de pouvoir le célébrer année après année, relève du miracle.

Eh bien ! Comment pouvait-on débiter de telles phrases en restant aussi désinvolte ?

— À ce propos, mon amie Matty organise une petite soirée à mon insu ce soir et… si vous n'êtes pas occupé, passez y faire un tour. Ce sera au restaurant *La marmite d'or*.

— Ce serait avec plaisir, j'essayerai de venir.

— Bon, je dois y aller, je vais chercher Salomé à l'école.

La surprise se peignit sur son visage.
— Salomé ? Vous avez des enfants ?
Je ne pus retenir un sourire. Moi ? Enfants ?
— Non, c'est la fille de Matty.
— Ah, dans ce cas, je ne vais pas vous retenir plus longtemps.
— À ce soir peut-être, dis-je.
Il me sourit et allait partir lorsqu'il lâcha :
— J'oubliais, joyeux anniversaire.

Il me semblait avoir contracté cette fâcheuse habitude d'être en retard. Je raccrochai avec mon père et me dépêchai de chausser des talons hauts en satin vert que je mariais à la courte robe en pagne que je portais. À mon grand regret, je sortis de la maison en marchant au lieu de courir. Au moins une chose était sûre, mon entrée serait remarquée. Que demander de plus puisque j'étais à l'honneur de ces réjouissances ? Cependant j'accélérai le pas et ne tardai pas à trébucher propulsant ainsi du sable sur mes escarpins. Ne voulant pas arriver en ayant l'air d'avoir bravé un chantier, je me baissai pour les épousseter. Comme dans un cauchemar, je sentis une main s'abattre sur ma taille et l'autre sur ma bouche. Je me sentis tirée vers l'arrière. Je me débattis avec une incroyable vigueur mais mon assaillant me tenait bien en main. Toutefois, il devait s'agir de mon jour de chance car une voiture déboula au coin de la rue en nous éclaira de ses pleins phares. Mon agresseur me lâcha instantanément. Surprise, je basculai et me retrouvai les fesses collées au sol. Le véhicule s'arrêta et Jay en sortit. Il courut vers moi, inquiet.

— Ça va Tania ?

— Oui, par pitié dis-moi que tu as vu l'imbécile qui m'a agressée.

— Oui et non, je focalisais sur toi. Comment est-ce arrivé ? Il t'attendait dehors ?

— Je n'en sais rien, en sortant de la maison j'étais plus préoccupée par mon retard qu'autre chose.

— Une chance que Matty m'ait demandé de venir te chercher. Tu la connais, la patience n'est pas son fort.

— Oui, c'est une chance. Aide-moi à me lever s'il te plaît.

— Qu'est-ce qu'on fait ? Tu te sens en forme ou tu préfères rester à la maison ?

— Non ! Ce n'est pas cette petite agression qui va

chambouler ma vie.
— Dis-moi, il t'a menacée avec une arme ?
— Non, pour tout te dire, il ne m'a adressée aucune parole.
— Ah oui ?
— Je suis incapable de te dire ce qu'il me voulait.
— Bon, ne restons pas là, dit-il en me prenant par l'épaule.

Je réussis à me faufiler dehors, à la recherche de calme. Je n'avais pas encore eu le temps ni l'occasion de réaliser ce que je venais de vivre une heure plus tôt. L'ambiance chaleureuse qui m'avait accueillie à mon arrivée, avait servi de barrage à ma prise de conscience. Mais plus le temps mourait, plus mon corps libérait le traumatisme refoulé dans mon inconscient. La question que je me refusais à poser était *que me voulait-il ?* Mais peut-être qu'au fond de moi, je connaissais déjà la réponse. Et que c'était certainement pour cela que je cherchais à m'isoler afin de réfléchir à la façon dont j'allais procéder. Mon souhait le plus cher était de me jeter à corps perdu dans cette affaire et d'en connaître le fin mot. Mais en ce qui concernait cette soirée, j'allais la consommer avec toute la bonne humeur dont je disposais au fond de moi et m'amuser. Le restaurant était bondé de personnes que je connaissais et d'autres dont j'ignorais jusqu'au nom mais ce qui retint le plus mon attention, fut *son* absence. Mais peu m'importait. La musique au rythme endiablé sur lequel se déhanchaient les invités, appelait tous mes sens à se mouvoir avec eux. Ce que je fis inlassablement pendant un moment jusqu'à ce qu'un gamin du quartier qui travaillait de temps à autre pour Matty en tant que rabatteur, surgît dans la salle. Il alla directement la trouver et lui parla à l'oreille. Elle fit un geste et la musique se tut. Je la vis se tourner vers nous tous, puis elle cria :
— Deux autres filles ont disparu !
Je vis instantanément Jay arriver à ses côtés et leurs regards se posèrent sur moi avec gravité. Nul doute qu'à cet instant précis, nous pensions à la même chose. Je venais sans doute d'échapper à un enlèvement. Une de ces filles venait de prendre la place qui m'aurait été réservée si Jay n'était pas arrivé à temps. Qui cela pouvait-il bien

être ? Et à quelle fin ? Serait-ce Kadjè ? Mon scepticisme le concernant était-il en train de voler en éclats ? N'était-ce pas un peu trop facile ? Qui que ce fût, il m'était à présent limpide que l'individu derrière ces disparitions n'était pas prêt de s'arrêter. Ceci représentait désormais pour moi, une affaire personnelle.

4

L'amulette

Avant toutes choses, j'avais besoin d'en avoir le cœur net. Je devais y aller, je devais voir de mes propres yeux. C'était ma seule façon d'avancer dans la mission que je m'étais fixée. Hier soir avant de me coucher, je m'étais rappelée ses propos, qui au premier abord, ne m'avaient pas interpellée mais pourtant aujourd'hui, devenaient essentiels dans la réussite de mes recherches. Je mis ma patience à rude épreuve en me soumettant au rituel matinal du café dans la cour avec Matty, alors que mon esprit s'était depuis fort longtemps envolé ailleurs. Elle ignorait tout de l'approfondissement que je souhaitais en ce qui concernait cette affaire. Je ne voulais en aucun cas l'inquiéter. Sa réaction face à mon agression d'hier n'avait hélas, fait que me conforter dans ma décision de la laisser en dehors de tout ceci. Je m'échappai de la maison dès que je pus. J'avançai à présent, démunie de toute peur. Je suivais scrupuleusement le chemin que j'avais auparavant emprunté seulement cette fois-ci, il me faudrait aller bien plus loin. Tout se bousculait dans ma tête. Qu'allais-je trouver ? Un rien ou un tout ? J'étais à l'affût de chaque

bruit et le disséquais. J'avais certes endossé tout mon courage mais je n'étais pas complètement inconsciente. Il serait dommage de tout faire capoter alors que je n'étais qu'au début d'une enquête qui me semblait palpitante. La fatigue commençait à me guetter lorsque je vis enfin ce qui m'avait poussé à marcher autant de temps. Je ne m'étais pas attendue à cela mais à quoi au juste ? À une hutte ? L'opacité végétale rendait ma trouvaille presque invisible. Ma chance était due au soleil qui irradiait majestueusement. Lentement, je poursuivis jusqu'à dépasser la barrière des arbres et là, je me retrouvai dans une clairière abritant une succession de maisonnettes en pierres, dont la plus grande, sûrement la demeure principale, différait du lot. Quelques secondes plus tard, les yeux écarquillés, je vis une personne en sortir et me dire :
-Je vous attendais.

La porte s'ouvrit brutalement et une jeune femme fut propulsée sauvagement à l'intérieur. Marissa eut le temps d'apercevoir qu'il faisait toujours nuit grâce à l'embrasure. Elle était à la fois désolée pour la nouvelle et heureuse de ne plus être seule dans son cauchemar. Elle ignorait depuis combien de temps elle était enfermée dans cette pièce sombre et sale. La fille leva sur elle, un regard apeuré.

— Que vont-ils faire de nous ? demanda-t-elle à Marissa.

Cette dernière avait déjà assez à faire avec ses propres craintes, néanmoins elle ne pouvait qu'éprouver de la compassion pour sa codétenue. Si elle avait pu voir son propre visage à son arrivée, il était certain qu'il aurait reflété la même angoisse. Elle imaginait la peine que devaient éprouver ses parents. Les soucis quotidiens avaient déjà eu raison de leur santé. Cet enlèvement était la dernière chose dont ils avaient besoin. Elle était la seule source de revenu de la famille. Les larmes qu'elle avait auparavant versées en abondance, menaçaient de refaire surface. Elle les contint du mieux qu'elle put. Son silence ne fit qu'augmenter l'hystérie de la nouvelle venue.

— Que vont-ils faire de nous, hurla-t-elle cette fois-ci.

Marissa la détailla de la tête au pied. Elle n'était quasiment pas couverte, sa robe extra courte laissait aisément entrevoir la couleur de sa culotte. Elle avait dû perdre ses chaussures en route car elle n'en portait pas. Son maquillage à outrance ravagé, dégoulinait sur son visage. Dans d'autres circonstances, Marissa aurait pensé qu'elle l'avait bien cherché. Mais dans ce cas, qu'en aurait-il été pour elle-même ? Sa mise était loin d'être celle d'une nonne, mais son accoutrement était à l'opposé de la fille. Le motif de cette détention ne pouvait être seulement lié à la concupiscence. Il devait y avoir autre chose de bien plus grave.

— Je n'en sais rien mais il vaut mieux que tu te calmes. Crier à mon avis, ne fera que les agacer, dit-elle

— Comment veux-tu que je me calme !

— Eh ! Que tu le veuilles ou non, tu vas te calmer. Ça fait des heures que je suis ici, est-ce que tu m'entends crier ? Non. Et pourquoi à ton avis ? Parce que ça ne changera rien à la situation à part de se faire tuer plus tôt que prévu.

— Tuer ?! Ils vont nous tuer ?

— Écoute-moi… comment t'appelles-tu ?

— Eva.

— Bien Eva, nous sommes dans la même galère. Il faut que tu te calmes. Peut-être se sont-ils trompés de personnes en nous ramenant ici et qu'ils finiront par nous libérer ? Mais franchement plus le temps passe, plus j'en doute. En ce qui me concerne à partir de maintenant, je préfère focaliser mon énergie sur la façon dont je vais réussir à m'échapper.

— Oui nous échapper, dit Eva pour elle-même comme si elle voulait se rassurer.

— Bien entendu, je ne te laisserai pas ici.

Marissa la regarda s'adosser au mur et essuyer ses larmes silencieuses.

— Ne t'inquiète pas, on va s'en sortir. Il faut rester calme, la rassura-t-elle.

Dehors, des lamentations lugubres s'élevèrent. Ce qui alourdit encore plus l'ambiance du cachot. Lorsqu'elles entendirent des voix ainsi que des pas s'approcher, elles retinrent leur respiration. La cellule s'ouvrit à nouveau. Cette fois, un homme masqué emplit l'encadrement de la porte de sa haute taille. D'une voix profondément grave, il questionna :

— Laquelle est la plus jeune ?

Les filles gardèrent le silence, plus pétrifiées que jamais.

— J'ai dit laquelle est la plus jeune ?

Toujours pas de réponse.

— Dans ce cas, je vais choisir au hasard, dit-il menaçant.

Eva se retourna vivement vers Marissa ?

— Tu as quel âge ?

— Tais-toi, Eva, reste calme. C'est une ruse.

— Je m'en fiche, il faut que tu répondes, tu as quel âge ?

Marissa n'eut pas le temps d'ouvrir la bouche que l'homme l'attrapa par le bras. Simultanément, elles donnèrent leur âge à voix haute ; 19 ans, s'entendit dire Eva, tandis que Marissa admettait en avoir 24. L'homme lâcha brutalement cette dernière qui s'affala au sol.

— Eh bien, vive la jeunesse ! Viens là, rugit-il à l'adresse d'Eva. On dirait que c'est toi la privilégiée de cette nuit. Il la traîna vers la porte, insensible à ses supplications.

— Lâchez-la, je vous en supplie, quémanda Marissa.

— Ne gaspille pas ta salive, un peu de patience et ton tour viendra, dit l'homme en claquant la porte.

Amy goûtait aux joies de sa journée de repos hebdomadaire. Assise à une terrasse de café tout en sirotant une bière fraîche, elle écoutait le babillage d'une amie tout, en observant les allées et venues des gens sur la place. De temps en temps, elle daignait participer à la conversation du bout des lèvres car son attention était depuis quelques instants, accaparée par une scène qui se déroulait à quelques mètres d'elles. Elle n'en croyait pas ses yeux. Il était là, à tourner autour d'une fille. Elle le connaissait si bien qu'elle anticipait ses moindres mouvements avant qu'il ne les exécutât. En son for intérieur, elle souhaitait que la demoiselle le plante là sur la place publique. La deuxième chance à laquelle tout le monde était censé avoir droit était exclue pour lui. Elle ne croyait plus à une quelconque rémission du mal qui l'habitait. Depuis leur dernière rencontre, elle avait retourné tout cela dans sa tête une dizaine de fois, mais était arrivée à la même conclusion. Le fait qu'il ait voulu se racheter en lui donnant de l'argent ne l'avait pas convaincue car il n'y avait rien d'honorable dans son geste. Il ne cherchait qu'à soulager sa conscience. Lorsqu'elle le vit s'éclipser avec la jeune femme, une idée germa dans sa tête. Amy observa sa camarade, puis sans scrupules, elle lui dit :

— Il faut que j'y aille. Je te retrouve ce soir comme prévu.

— Mais où vas-tu ? lui demanda son amie, dépitée.

— Je t'expliquerai plus tard. À ce soir, dit-elle en prenant congé de la pie.

Elle avait disparu si rapidement dans la maison que je me demandais si je devais la suivre à l'intérieur. Il me semblait pourtant que son « je vous attendais » pouvait exprimer « veuillez entrer ». Sans m'appesantir plus, je partis à sa suite. J'avais à peine foulé le sol de la maison que j'entendis :

— Par ici.

Je suivis l'étroit couloir pour déboucher dans une pièce à vivre où m'attendait mon hôtesse. Accaparée par le spectacle de la cheminée en marche alors que dehors, la température devait avoisiner les 35 degrés, je butai sur quelque chose. Je jetai un coup d'œil et bondis en arrière en poussant un cri de frayeur. Elle me toisa d'un regard qui me donna envie de me cacher, d'autant plus que je venais de me rendre compte de la supercherie.

— Il ne risque pas de ressusciter, me dit-elle.

J'avais en horreur de ce genre d'humour méprisant. Tant bien que mal, je dépassai le lion empaillé et me plantai devant elle, enveloppée d'un semblant de dignité. Elle s'assit à la table ronde en plein centre de la pièce et m'offrit d'y prendre place également. Il faisait terriblement chaud dans la salle. Je regardai avec envie les fenêtres fermées. Je reportai mon attention sur elle, elle me détaillait. Quelque chose dans son regard me mettait profondément mal à l'aise. Comme si elle avait la capacité de lire en moi tout ce que je m'étais promis de taire.

— Je suis désolée d'arriver à l'improviste…

Elle balaya mes propos de sa main.

— Je ne sais pas si on peut encore parler en ces termes puisque je n'ignorais rien de votre venue, me dit-elle d'une voix rocailleuse, le regard toujours braqué sur moi.

— Je…enfin comment l'avez-vous su ? demandai-je abasourdie.

— Disons que je sais beaucoup de choses.

Elle se leva si promptement que j'en fus surprise. Même si elle possédait un corps énergique, elle devait côtoyer les 70 ans. Ses cheveux blancs étaient retenus au-dessus de son crâne par un foulard assorti à son boubou taillé dans du wax, de couleur marron et or. Elle quitta la pièce sans mot dire. Je jetai à nouveau un coup d'œil à la cheminée. Il y avait de minuscules marmites posées sur la braise. J'étais curieuse de savoir ce qu'elles contenaient mais j'enterrai ma curiosité. Elle revint quelques minutes plus tard, munie d'une calebasse et s'assit à nouveau. Elle y trempa ses lèvres puis me la tendit.

Je ne compris pas tout de suite où elle voulait en venir.

— Non, je vous remercie, m'entendis-je dire.

— Buvez, cela va vous rafraîchir.

Je sentais que je n'avais pas mon mot à dire, je devais me conformer à ce petit rituel.

— Qu'est-ce que c'est ?

— De l'eau que je viens de puiser.

J'attrapai le récipient et regardai le contenu, il était trouble. Il était hors de question de boire cette…chose. Je levai les yeux sur elle. Je m'attendais à un regard dur mais au contraire, il était encourageant.

— Allez, buvez.

J'implorai le seigneur de me venir en aide pour ne pas régurgiter sur elle tout en portant le breuvage à mes lèvres. Je retins ma respiration pour m'anesthésier à un quelconque goût et avalai précipitamment. Effectivement, ce n'était que de l'eau. Je lui redonnai la calebasse. Elle ouvrit la fenêtre à mon grand soulagement pour en vider le reste du contenu, puis revint s'asseoir en face de moi.

— Je m'appelle Damée. Que puis-je faire pour vous ?

— En fait, cela va vous paraître étrange mais j'avais entendu parler d'un homme, vivant dans la forêt et je

voulais en avoir le cœur net. À la place, je vous ai trouvée.
Elle émit un étrange sourire.
— Je vois, vous êtes courageuse. Mais sachez que parfois, cela tient plus de la bêtise que de la bravoure.
— Je ne comprends pas, murmurai-je.
Elle se pencha vers moi.
— Et si vous étiez tombée sur cet homme, qu'auriez-vous fait ? Ou plutôt avez-vous réfléchi à ce qu'il aurait pu vous faire ?
Je détestais être prise pour une écervelée mais là, elle marquait un point.
— Il se passe des choses en ville. Des filles disparaissent. Je m'étais imaginé que peut-être, il pouvait être en cause…
— Et vous courez vous jeter dans la gueule du loup, me dit-elle d'un ton réprobateur. Qu'aurait pensé votre mère ? Vous faites si peu de cas de votre vie.
Je m'insurgeai :
— Qu'en savez-vous au juste ? Et puis ma mère est…
— Morte, oui je sais.
Qui était cette femme ?
Elle m'observait avec un air de défi dans le regard.
— Vous vous demandez qui je suis réellement et comment je peux savoir tout cela, n'est-ce pas ?
— C'est quoi votre truc ? Parce qu'il y a un truc, pas vrai ?
— Visiblement, ce n'est pas moi que vous êtes venue chercher, alors pourquoi ne pas repartir ? me questionna-t-elle.
— Vous lisez dans mes pensées ? Vous êtes quoi ? Une sorcière ? Une voyante ?
— Je suis ce que vous voulez que je sois.
— C'est quoi ce charabia ?
— Qu'attendez-vous de moi ?
— Rien.
— Vous mentez !

— Je…

— Vous ?

J'étais incapable de réfléchir. Cette femme détenait un énorme pouvoir sur moi. Je luttais pour me déposséder de toute rationalité car je sentais que c'était impératif pour moi si je voulais aborder Damée. Il fallait rentrer dans son monde et peut-être m'éclairera-t-elle sur ce qui se passe en ville. Le manque de surprise dont elle fit preuve lors de mon évocation de l'affaire, m'apprit qu'elle était déjà au courant de ce qui se tramait en dehors de la forêt.

— Venez avec moi, dit-elle subitement.

— Où ça ?

— Vous posez trop de questions mais là, je ne fais que répondre à celle que vous n'avez pas osé poser à voix haute. Venez.

Se munissant d'un torchon, Damée se dirigea vers le feu et attrapa l'une des petites marmites grâce aux anses dont elles étaient pourvues. Je me levai et la suivis. Nous sortîmes dehors. Elle se mit devant les maisonnettes et en les balayant d'une main, elle me demanda :

— Faites votre choix.

— Pardon ?

— Choisissez une de ces maisons.

Soudain, je me pris au jeu. Je voulais réfléchir à mon choix mais à quoi bon ? J'ignorais où m'amènerait ma décision. Prenant une inspiration, je désignai celle qui se trouvait complètement à ma droite. Elle me regarda d'un air dangereux. Je fus parcourue de frissons sauvages. Il me vint subitement à l'esprit que nul ne savait où je me trouvais. Je crus un instant que ses yeux avaient changé de couleur mais cela devait résulter de mon imagination. Tout ce que je vivais me paraissait si irréel que mon cerveau s'était sans doute adapté, pour m'éviter la folie.

— Savez-vous ce que vous venez de choisir ?

— Non, répondis-je, loin d'être rassurée.

Cette fois, je vis clairement ses yeux s'assombrir, virant de la noisette au noir profond.

— La mort, c'est la mort que vous avez choisie.

L'appréhension qui m'envahit à cet instant me perfora le corps. J'aurais pu tomber à genou tant elle m'affaiblissait mais il ne fallait pas que cette femme devine l'emprise de ses propos sur moi.

— Cela ne signifie rien pour moi, dis-je énergiquement.

— Oui, bien sûr, mais c'est bien là.

Elle garda le silence quelques instants, puis me dit à voix basse.

— Désirez-vous en savoir plus ?

Je me trahis en répondant avec rapidité.

— Oui, comment ?

— Venez, entrons.

Mon hésitation ne fut que de courte durée.

Elle n'eut pas à toucher la porte pour qu'elle s'ouvrît. Il n'y avait qu'une seule pièce dépourvue de fenêtre. Elle était sombre et fraîche. Avec habileté, Damée alluma plusieurs bougies. Ce que me révéla la lumière, aurait fait fuir n'importe qui, en pleine possession de ses moyens. Mais j'étais clouée comme si je ne contrôlais plus mon propre corps. Même si je l'avais voulu, je sentais qu'il m'aurait été impossible de m'échapper. Elle m'avait sous son contrôle. Je fis abstraction autant que je pus des crânes d'animaux alignés ainsi que des autres objets non identifiés posés le long d'une étagère. Elle me fit signe de m'asseoir à la minuscule table ronde. Elle souleva le couvercle de sa marmite. N'arrivant pas à bien distinguer le contenu, je la questionnai à ce propos :

— Qu'y a-t-il dedans ?

— Du sang bouilli.

L'horreur avait dû se peindre sur mon visage car elle

ajouta :

— De volaille, c'est du sang de volaille.

Se penchant vers moi, elle en marqua mon front. J'étais révulsée mais plus que tout, je voulais aller jusqu'au bout. Elle en versa un peu dans un récipient. Ensuite, elle se dirigea vers l'étagère et attrapa une énorme boîte. Elle en sortit divers pots, en ouvrit un, puis y prit une pincée du contenu en poudre et le versa dans le bol, où attendait le sang. Nous fûmes brusquement envahies par une épaisse fumée. Je la distinguais à peine lorsqu'elle s'assit en face de moi. Elle avait quelque chose dans la main.

— Vous êtes prête ? me demanda-t-elle.

— Absolument, acquiesçai-je.

Alors, elle jeta le contenu de sa main sur la table. Des cauris. Ses yeux se révulsèrent. J'étais incapable de les soutenir tant ils étaient effrayants. Elle était comme possédée. Mon angoisse s'accrut. Dans quoi m'étais-je lancée ? La respiration de Damée se fit haletante et le temps me parut long. J'étais impuissante et ne pouvais rien faire excepté attendre l'accalmie qui enfin ne tarda pas à se montrer. Lorsqu'elle ouvrit les yeux, ils étaient redevenus noisette. Ils accrochèrent les miens en un long regard, indescriptible. Elle se leva brutalement, fit le tour de la pièce puis revint vers moi. Elle enleva le collier qu'elle portait à son cou, en libéra le pendentif puis me le tendit :

— Prenez cette amulette et allez-vous-en !

J'observai attentivement la grosse pierre verte emprisonnée dans un carcan argenté. Un très bel objet mais je devinai que ce n'était pas un cadeau anodin.

— Pourquoi ?

— Nous avons fini, Tania.

— Comment connaissez-vous mon nom ? Il ne me semble pas vous l'avoir donné.

— Vous en êtes encore à me poser ce genre de questions ?

Elle avait raison, ses aptitudes ne devraient plus m'étonner. Damée soupira.

— Je vais vous raconter une petite histoire, ensuite vous partirez.

— D'accord, m'empressai-je de répondre.

— Si je vous la raconte, c'est uniquement parce que pour une raison obscure, cela fait partie de votre prise de conscience. Elle est indispensable pour que vous embrassiez votre destinée.

— Ma destinée ?

— Les disparitions évoquées tout à l'heure n'ont rien d'exceptionnelles. Cela a toujours existé. Cependant, vous êtes dans un pays où les croyances régissent la vie de la plupart des gens. Malheureusement, il demeure des personnes mal intentionnées qui détournent des rituels sacrés à des fins personnelles et viles. Ce sont ces personnes que vous devez chercher. Elles vous mèneront aux filles disparues si elles sont toujours vivantes, ce dont je doute.

— Quels genres de rituels ?

— Vaudou, ils aiment particulièrement celui du *réveil* des novices. Seulement chez les Zakpa, il n'y a pas de réveil. Il n'y a que la mort.

— Zakpa ?

— Oui, c'est comme cela qu'on les nomme. Dans le temps, plusieurs féticheuses avaient ainsi perdu la vie croyant à un renouveau salutaire.

— Mais aujourd'hui, il s'agit de filles choisies au hasard, lui dis-je.

— Oui, les féticheuses sont à présent averties. Quand bien même, ils en ont dans leur cercle, elles sont loin d'en être des vraies, mais certainement des usurpatrices.

— Je ne comprends pas pourquoi cette histoire est essentielle à mon destin.

Elle me sourit pour la première fois.

— Il n'y a que vous qui puissiez trouver la réponse. Cette amulette vous aidera dans votre quête et vous préviendra du danger. Sa couleur changera lorsque votre aura se modifiera. Elle leva le doigt et elle continua :

— Attention, cela ne vous dispense pas d'être prudente. Partez à présent, je dois aller nourrir mes poules.

— Je pourrais revenir vous voir ? lui demandai-je.

— Je ne crois pas que ce sera possible, me dit-elle le regard trouble.

J'acquiesçai et me levai. En arrivant dehors, je fus surprise par la pénombre. Je n'avais pas réalisé tout le temps que j'avais passé avec Damée. Comment allais-je retrouver mon chemin dans cette obscurité ? Je me retournai et la vis derrière moi.

— Auriez-vous une torche ou quelque chose dans ce genre ?

— J'ai encore mieux, me dit-elle évasive.

Elle balaya l'air de sa main. Mes paupières se fermèrent d'elles-mêmes. La sensation qui s'empara de moi à ce moment-là était celle de l'apesanteur. J'avais l'impression de dériver à travers l'espace sans aucun point d'accroche. J'ignorais combien de temps cela avait duré, mais lorsque je rouvris les yeux, je constatai avec effroi que le décor avait changé. J'étais à la sortie de la forêt, non loin des lumières de la ville. Je pris l'amulette dans ma poche et l'accrochai à la chaîne que je portais au cou. Soudain, j'entendis un bruit strident. Qu'était-ce ? Il se répétait à l'infini. Non ! Je me sentais happée. Non ! Non ! Non ! Je me réveillai en sursaut. Ce n'était qu'un rêve ? Cela m'avait semblée si réel. Instinctivement, je portai la main à mon cou. Ce n'était pas un rêve ? Comment était-ce possible ? Je caressai l'amulette. Je n'eus pas le temps d'approfondir mes réflexions, le bruit qui m'avait tiré de mes songes était celui de la sonnette. Je devais être seule dans la maison car la sonnerie retentit de plus belle. Je me levai précipitamment et me ruai vers la porte d'entrée. Lorsque j'ouvris cette dernière, l'homme que je trouvai adossé à sa voiture n'était autre qu'Ernest. Il m'irradia de son sourire. Je prétendis être la désinvolture incarnée lorsque je le saluai mais je ne pouvais pas faire le poids face à lui. Du bout du doigt, il me tendit un petit sac. Je le regardai avec surprise.

— C'est une façon de me faire pardonner pour avoir raté votre fête d'anniversaire.

— Oh, il ne fallait pas. Je suppose que vous deviez être occupé.

— Oui, c'était le cas.

Il s'approcha de moi, un peu trop près d'ailleurs mais avant que je ne devine ses intentions, il me frotta doucement le front. Se rendant compte de son geste, il retira aussitôt sa main.

— Vous aviez quelque chose…

— Oh merci. Machinalement, j'y passais la main aussi. Je compris brutalement ce qu'il venait de faire. Le sang de volaille !

— Alors cette soirée ? demanda-t-il.

— C'était très bien. D'ailleurs comment avez-vous su où j'habitais ?

— Je suis passé à *La marmite d'or*. Votre amie Matty a dû juger que j'étais quelqu'un de convenable puisqu'elle m'a envoyé ici.

Je souris, imaginant la surprise de Matty.

— Probablement. Cela fait longtemps que vous attendez ?

— Euh, à peine deux heures ! Il rit. Non, je viens d'arriver. Vous n'ouvrez pas ? me demanda-t-il en montrant le sac du doigt.

— Si si, mais d'abord voulez-vous entrer ?

— Avec plaisir.

J'étais en train de lire le mot laissé par Matty à mon intention lorsqu'elle fit son apparition. À son expression, je compris immédiatement qu'il y avait un problème. Elle essaya de me sourire mais au lieu de cela, tout ce que je vis fut la crispation de ses lèvres.

— Que se passe-t-il ? demandai-je.

— Rien de grave j'espère mais c'est Amy, je suis inquiète.

— Pourquoi ? Hier elle était de repos, non ?

— Oui mais je m'interroge car hier Salomé est finalement restée dormir chez une amie d'école. Comme ce n'était pas prévu, j'avais laissé un message sur le portable d'Amy pour qu'elle se rende directement là-bas ce matin pour lui apporter des vêtements propres. Mais à mon réveil, j'ai constaté que les habits préparés la veille, étaient toujours là.

— Tu reviens donc de là-bas ?

— Oui, ce n'est pas dans les habitudes d'Amy d'agir ainsi sans prévenir. Je ne peux pas m'empêcher de penser que…

— Les disparitions ?

— Oui, pas toi ?

— Je pense qu'il ne faut pas faire de conclusion hâtive mais j'avoue que cela m'étonne autant que toi. Tu as essayé de la rappeler ?

— Oui mais en vain.

—Il me semble qu'elle devait sortir avec une amie hier soir. Peut-être qu'elle était trop fatiguée pour rentrer et qu'elle a préféré dormir chez elle. Elle rentrera à la maison plus tard. Quant à moi, j'irai récupérer Salomé à l'école.

— Merci Tania. Tu dois avoir raison. Elle finira par rentrer.

Son visage s'éclaire mais je compris l'effort que cela lui coûtait de me duper. Même si au fond de moi, mes sens étaient en alerte, je ne voulais pas contribuer à l'anxiété grandissante que je décelais chez elle. Néanmoins, cette histoire ne me plaisait pas du tout.

— Joli ton collier, me dit-elle.

— Oh ça, c'est juste une babiole, dis-je un peu trop nerveusement en caressant la pierre. Une babiole qui dorénavant ne me quittera plus, pensai-je.

— Tu ne m'as pas dit si ton sauveur est arrivé à bon port hier ? Tu dormais déjà lorsque je suis rentrée. Et puis où as-tu disparu toute la journée ?

Donc je n'étais pas là de la journée ? Tout cela était réel mais incompréhensible.

— Ça fait beaucoup de questions ! Mais bon, je vais répondre à celle qui me semble la plus importante. Le sauveur est arrivé à bon port.

J'eus le plaisir de voir un sourire sincère illuminer le visage de mon amie.

— Parfait, je me dois de te féliciter car je crois que tu es tombé sur un morceau de choix !

Nous nous esclaffâmes en chœur.

—Je crois que tu as raison.

J'avouerai qu'au départ, j'ignorais sur quel pied danser avec lui. Lors de la nuit que j'avais passée chez lui, son comportement alternant entre le sourire éclatant et le regard sombre m'avait quelque peu déstabilisé. Mais après avoir vraiment discuté ensemble hier, j'ai compris qu'il était en fait posé et réservé. La veille, il m'avait tenu compagnie près d'une demi-heure puis m'avait proposé de le retrouver ce jour dans sa résidence de ville.

— Ne le lâche pas.

— C'est pour cela que je le revoie aujourd'hui.

— Bravo !

— À t'entendre, on dirait que je suis tombée sur le gros lot.

— Et pourquoi pas ? Pourquoi ne le serait-il pas ?

5

Révélations

— **W**aouh ! L'électricité ! N'est-ce pas trop dur de profiter du confort moderne que vous offre cette résidence ?

Il me jeta un regard en coin puis ses lèvres s'étirèrent en un lent sourire me prouvant qu'il avait compris l'allusion.

— Je fais avec, rétorqua-t-il.

— C'est une très belle maison même si elle ne l'est pas autant que celle de Kopali.

— Celle-ci n'est pas à moi, je la loue.

— Elle ne vous plaît pas ? Oh, excusez-moi, cela ne me regarde pas.

— Je croyais qu'hier nous avions décidé d'abandonner le vouvoiement.

— Exact.

— Alors, si tu veux tout savoir, la vie que je mène actuellement ne me permet pas vraiment de m'installer en ville pour de bon. Et comme tu l'as souligné à l'instant, j'aurai du mal à trouver mieux que Kopali.

— Oui, je comprends.

— Fais comme chez toi, j'arrive. Il quitta la pièce.

Je m'installai confortablement dans le canapé de cuir. Je repensai à la nervosité éprouvée à notre première rencontre qui s'évaporait au fur et à mesure que nous nous revoyions. Il m'était assez difficile de décrire la relation que je pourrais développer avec cet homme car je n'en savais rien moi-même. L'avenir me le dira, pensai-je, le sourire aux lèvres. C'était comme cela qu'il me trouva en refaisant surface, les bras chargés.

— Il se pourrait que tu perdes ton joli sourire lorsque tu auras goûté ce que je vais préparer.

— Kindra n'est pas du voyage ? ironisai-je.

— Hélas non, prends-tu le risque ? demanda-t-il moqueur.

— Je ne suis pas quelqu'un qui se défile.

—Parfait. Ça se passe dehors car j'ai décidé de faire très simple.

— C'est-à-dire ?

— Maïs grillés au feu de bois.

— Ça me convient parfaitement. Je t'accompagne, je vais t'aider.

Il me jeta un regard inquisiteur.

— Tu cuisines ?

— Euh, disons que je ne mentirais pas en disant que je me débrouille.

— Ah oui, j'aime les femmes qui cuisinent. Je trouve que cela révèle un trait de caractère.

— Lequel ?

— La générosité.

— N'oublions quand même pas que beaucoup d'entre elles le font parce qu'elles s'y sentent obligées, rétorquai-je en lui emboîtant le pas.

— Certes mais je maintiens ce que je viens de dire pour celles qui le font de bon cœur.

En arrivant dans le jardin, je vis le chaos laissé par les

épluchures de maïs par terre.

Visiblement cet homme avait besoin d'aide. Il me jeta un regard contrit.

-Je ne savais pas que tu allais me suivre jusqu'ici sinon j'aurais pris le temps de ranger.

— Ce n'est pas grave, je vais prendre les choses en main. Il leva les mains en signe de défaite et je m'activai. Cinq minutes plus tard, nous étions assis autour du feu contemplant les maïs en train de griller. Il avait dû remarquer mon évasion car il me ramena à la réalité en me demandant :

— Qu'est-ce qui t'accapare à ce point ?

— Oh rien, rien de particulier.

Il n'avait pas l'air convaincu. Je le sentis hésiter longtemps mais il continua :

— L'autre jour à Kopali, tu m'as demandé si j'étais marié… j'aimerais savoir… qu'en est-il pour toi ?

— Comment ça ? demandai-je sur la défensive.

— Est-ce que quelqu'un t'attend à Tortola ? Un mari, un amant ?

— Pas que je sache ! ris-je faussement décontractée. Cela parut d'ailleurs l'irriter.

— Pas que tu saches ? demanda-t-il visiblement surpris.

— En fait, je n'ai pas trop envie d'en parler.

Il m'observa quelques instants puis déclara :

— Dommage, j'adore écouter.

Je frissonnai.

— Tu as froid ?

— Non pas vraiment mais j'ai un foulard dans mon sac. Je me levai mais il fut plus rapide.

— Ne bouge pas, je vais te le chercher. Il revint rapidement avec ma besace dans laquelle je farfouillai. Lorsque j'en sortis le tissu, il le reconnut immédiatement puisque c'était le cadeau d'anniversaire que j'avais reçu de lui. Il coula vers moi un regard appréciateur lorsque je le passai autour de mon cou.

— Ravissant, me dit-il.

— Encore merci.

—Je t'en prie, dit-il.

Sans savoir pourquoi, j'eus l'envie de lui déballer tout ce qu'il voulait savoir sur moi. C'était comme si je voulais consciemment le choquer pour qu'il arrêtât de me regarder comme si j'étais la dernière merveille au monde.

— Il y a quelques mois de cela, on a tenté de me tuer à deux reprises, lâchai-je brusquement.

Il ne broncha pas. Il se leva pour retourner les maïs mais je continuai.

— Ma belle-mère et Marcus ont voulu me tuer. C'est elle qui a ouvert le bal en essayant de m'écraser avec sa voiture le jour où j'allais enfin faire la connaissance de mon père.

Il se retourna brutalement, plus troublé qu'il ne voulût le montrer mais ne dit toujours rien. Lentement il se rassit mais cette fois, ce fut à côté de moi et non en face.

— Ensuite ça été le tour de Marcus. Il ne faut pas que j'oublie de préciser qu'il avait tué quelqu'un d'autre avant. Celui que je croyais être mon demi-frère avant d'apprendre une fois de plus que ma belle-mère avait encore frappé. David se trouvait être l'enfant d'un autre que mon père.

— Waouh ! lâcha-t-il.

— Tu veux toujours écouter ou ça suffit ?

— Qui est Marcus ? demanda-t-il.

- Qui *était* Marcus, tu veux dire…

Il ne m'interrogea que du regard mais je compris sa question.

— Non, ce n'est pas moi qui l'ai tué. Mais je n'aurais pas hésité si j'en avais eu l'occasion. Il m'a pris la personne que j'aimais le plus au monde, ma mère.

Il me regarda l'air franchement surpris.

— Combien de personnes cet homme a-t-il tuées ?

— Trois, à ma connaissance, répondis-je, amère. En fait Marcus a été pendant quelques temps l'amant de ma mère. Lorsqu'elle a recommencé à voir mon père, elle l'a quitté mais cela ne lui a pas plu alors il l'a tuée. À l'époque de sa mort, nous avions tous cru à un accident de voiture. Il a été très fort sur ce coup-là. C'était une période affreuse pour moi alors pour garder la tête hors de l'eau, j'ai décidé de rechercher mon père que je ne connaissais pas. Je l'ai retrouvé, puis David est mort. Alors mon père a engagé un détective privé pour découvrir son assassin. C'est comme cela que nous avons appris que Marcus était responsable de ces décès. D'ailleurs, c'est ce même détective qui m'a sauvée des griffes de ce malade en le tuant. Il s'appelle Max.

Je souris à son évocation.

— Tu as l'air de beaucoup l'apprécier ce Max, me dit-il.

— Il m'a sauvée la vie.

— Oui mais je sens qu'il y a plus, tu l'admires.

— Oui, tu as raison. Comment as-tu pu voir ça, j'ai à peine parlé de lui.

— Je l'ai appris dans ton sourire. Et pourquoi Marcus voulait te tuer ? J'avoue que je ne comprends pas.

— Selon ses dires, il préférait me voir morte que de me voir avec quelqu'un d'autre que lui. Non seulement il a été l'amant de ma mère mais il nourrissait également de sentiments pour moi.

Je sentais le regard d'Ernest peser sur moi. Ça y est, le poids du regret ne tarda pas à venir m'écraser. Mais enfin pourquoi lui avoir déballé tout ça ? Je sautai sur mes jambes.

— Je crois que nous allons pouvoir manger maintenant ! dis-je d'un ton faussement enjoué. Il le remarqua immédiatement. Il se leva aussi et s'approcha de moi.

— Tu sais, avec moi tu n'as pas besoin de faire semblant. Tu t'en veux car tu as l'impression d'avoir anéanti l'ambiance mais tu te trompes. Je suis enfin heureux de faire ta connaissance.
Son regard m'enveloppa et je me sentis apaisée.

Je venais à peine de rentrer lorsque j'entendis des voix, tendues. La première, je la reconnus sans effort mais la deuxième m'était inconnue. Je les rejoignis dans le salon afin de les saluer. Matty m'accueillit avec soulagement. Ses traits étaient soucieux. La jeune femme assise à côté d'elle, semblait aussi préoccupée qu'elle. De toute évidence, il y avait un problème.

— Tania, je te présente Josépha. C'est une amie d'Amy.

— Bonsoir, dis-je avec un nœud au ventre.

— Enchantée, Amy m'a beaucoup parlée de vous, me dit la jeune femme.

— Ce que Josépha vient de m'appendre ne me tranquillise pas du tout, avoua Matty.

— Qu'est-ce qui se passe ? voulus-je savoir.

— Eh bien, hier soir j'avais rendez-vous avec Amy devant le club *Cabana,* mais elle n'est jamais venue. Je l'ai appelée une vingtaine de fois mais elle n'a jamais répondu. Je me suis inquiétée toute la journée. J'ai mis du temps avant de venir vous voir mais je suis vraiment inquiète avec toutes les disparitions dont on parle. Il paraît qu'il y aurait plus de quinze filles qui ont disparu mais la police camoufle la vérité car elle est incompétente.

Les soupçons de cette fille ne faisaient que confirmer les miens. Devions-nous nous rendre à l'évidence ? Amy avait-elle aussi été enlevée ? C'était dur d'accepter quelque chose qu'on voudrait refouler.

— Elle ne t'a pas dit ce qu'elle comptait faire avant le *Cabana* ? lui demandai-je.

— Non, mais je l'ai trouvée étrange dans l'après-midi. Nous étions assises à la terrasse de la place, puis d'un coup elle s'est levée sans explication et m'a dit qu'elle me retrouverait plus tard.

Cela ne m'apprenait rien de plus. Peut-être avait-elle besoin d'être seule ou avait-elle des courses personnelles à faire ? Nous étions dans l'impasse.

— Je crois que demain, j'irai signaler sa disparition à la police. Elle n'a plus de famille.

Matty était la première de nous deux à admettre l'inévitable.

— Tu as raison, approuvai-je.

Nous nous retournâmes vers Josépha, elle avait les larmes aux yeux. Matty posa sa main sur celle de la jeune femme :

— Ne t'en fais pas Josépha, nous allons la retrouver. C'est une simple précaution de prévenir la police. Maintenant il vaut mieux que tu rentres. Je crois que je n'ai pas besoin de te dire d'être prudente.

— Je la raccompagne, déclarai-je

— Merci mais ce n'est pas la peine, je n'habite pas loin.

— Je t'accompagne quand même, dis-je d'une voix qui n'admettait pas de réplique.

Effectivement elle n'habitait pas loin. Je la laissai devant la maison de ses parents. La nuit était calme mais les rues n'étaient pas encore désertes. J'y flânais, pas franchement pressée de rentrer, profitant de la brise fraîche qui nous libérait de la chaleur étouffante de la journée. Amy où es-tu ? Peu à peu, je sentis la mélancolie m'envahir. Je voulais du réconfort et je savais où en trouver. Mes pas m'y amenèrent telle un automate. J'étais à présent devant une demeure où je n'étais pas invitée. La question était de savoir ce que je recherchais réellement. Etait-ce juste du réconfort ? Pourquoi avais-je l'impression en ce qui le concernait de ne pas affronter la réalité en face ? Mais peut-être était-ce cet affrontement que je m'apprêtai à livrer à présent. Je frappai à la porte et attendis, anxieuse. Pas de réponse. Je recommençai. Rien. J'entrai et traversai le jardin. Une fois à l'intérieur de la maison, je l'appelai pour signaler ma présence. Après tout, il n'allait pas se formaliser de me voir chez lui. Il y avait à peine une heure de cela, je m'y trouvais encore. Mais peut-être dormait-il déjà ? Non, il y avait encore de la lumière dans la maison et connaissant son point de vue sur le sujet, j'étais certaine qu'il ne dormirait pas en la laissant ainsi. Ne l'ayant pas vu au rez-de-chaussée, je décidai de me rendre à l'étage. Il y avait beaucoup de portes mais une seule était entrouverte, j'avançai doucement pour ne pas l'effrayer même si je doutais que quelqu'un pût y arriver. Je me plaquai un sourire radieux sur les lèvres pour me faire pardonner mon intrusion. Je déboulai dans l'embrasure et restai figée. Qu'est-ce que c'était que ça ? Seigneur ! J'hallucinais, je ne pouvais qu'halluciner. Une telle chose ne pouvait pas exister. Jamais de ma vie je n'aurais pensé assister à une telle scène. Je clignai des yeux et compris que ce n'était en aucun cas une illusion d'optique. Que faire ? Repartir sans bruit. Mais j'étais incapable de bouger, c'était comme si j'étais vissée au sol. Pourtant mon instinct me hurlait de déguerpir sans me retourner. Malheureusement pour moi, le cri resté bloqué dans ma gorge l'espace d'une seconde se libéra et envahit la maison. Ernest se retourna instantanément et me vit. Ce qui se produisit alors me fit hurler de plus belle. Je le vis esquisser un geste vers moi. Je battis en retraite, heureuse de ne plus être paralysée par la peur qui me dévorait. Je dévalai les marches à une vitesse record et sortis de la maison en courant. Je l'entendis crier mon nom dans mon dos mais je ne m'arrêtai pas. Bientôt il me rattrapa et me plaqua contre lui.

— Lâche-moi ! Au secours ! criai-je.

Il le fit immédiatement.

— Je t'en prie, écoute-moi. Il est très important que tu te calmes et que tu m'écoutes. Je ne te ferai aucun mal. Jamais. Tu es choquée et je le comprends. Mais laisse-moi t'expliquer, je t'en prie.

— Non ! Je ne veux plus rien avoir à faire avec toi !

J'étais bouleversée, je n'arrivais plus à penser. Je revoyais sans cesse la scène. Mais comment était-ce possible ? Tous mes fondements s'écroulaient jour après jour, m'interdisant de m'y accrocher. Avais-je été aveugle pendant vingt-sept ans sans voir ce qui se passait réellement sous mes yeux ? Où était-ce la folie qui me gagnait ? Je regardai l'homme en face de moi ; seulement vêtu d'un jean, il était torse et pieds nus. Il n'avait surement pas prévu que j'apprenne ce secret qu'il dissimulait soigneusement. Qui était-t-il ou plutôt qu'était-il ?

— Tania… je t'en prie…

Soudain ses yeux descendirent sur ma poitrine et s'agrandirent de stupeur.

— Tania, ton collier…

Je baissai la tête vers l'amulette toujours à mon cou et vis avec effroi qu'elle était en train de changer de couleur. Après être passée du vert au vert éclatant, elle était en train de s'assombrir et bientôt elle devint complètement noire. Les paroles de Damée me revinrent subitement à l'esprit « *Cette amulette vous aidera dans votre quête et vous préviendra du danger. Sa couleur changera lorsque votre aura se modifiera* ». Instinctivement, je lui tournai le dos et me mis à courir à en perdre haleine, l'esprit en abandon. Je ne savais même pas où j'allais et peu m'importait. L'urgence était de m'éloigner de lui et le plus vite possible. C'est alors que je fus encerclée par des bras solides.

— Eh doucement !

Je levai les yeux sur l'homme qui venait sans doute de me sauver la vie.

— Oh merci, vraiment merci, j'étais poursuivie… ce que je viens de voir… je ne sais même pas par où commencer. Je tournai la tête pour regarder derrière moi. Je ne vis personne, Ernest avait disparu. Je soupirai.

— Merci beaucoup mais ça va aller maintenant, je vais rentrer chez moi, dis-je à l'adresse de l'homme qui se tenait devant moi.

Il me regarda avec surprise.

— Je n'ai vu personne derrière toi, tu es une de ces cinglées ou quoi ?

En plein dans le mille ! C'était exactement la question que je me posais.

— Je dois rentrer, dis-je d'une voix ferme.

— Tu ne vas pas déjà rentrer, me dit-il.

— Si, il le faut, dis-je en cherchant à me libérer de son étreinte.

Mais au lieu de me laisser partir, il resserra son emprise et me dit d'une voix où trainait un soupçon de menace.

— Tu n'iras nulle part.

Je compris soudain ; lors que je croyais le danger derrière moi, j'étais en fait en train de jouer au corps-à-corps avec lui. Pour qui l'amulette s'était-elle assombrie ? Ernest ou cet ignoble individu ? Si j'avais encore besoin d'être convaincue que j'étais dans de sales draps, cela ne se fit pas attendre.

— Maintenant, tu vas faire ce que je te dis et surtout, tu ne cries pas sinon…

Il laissa sa phrase en suspens pensant peut-être de ce fait m'effrayer encore plus que je ne l'étais déjà. Pourquoi n'étais-je pas rentrée tranquillement à la maison ? Je pouvais toujours me poser d'interminables questions, cela ne me disait pas comment j'allais échapper à cet imbécile qui commençait sérieusement à me chauffer les nerfs. Trop, c'était vraiment trop !

— Tu me lâches immédiatement, lui ordonnai-je.

— À qui tu crois parler ? me demanda-t-il.

— Franchement, je m'en fiche, tu me lâches, ok ?

— Dis donc, tu n'as pas froid aux yeux !

— Tu ne crois pas si bien dire !

Il émit un rire suspect, puis il m'agrippa violemment par les cheveux.

— Tu la fermes et tu me suis, j'ai assez rigolé avec toi.

Je réfléchis rapidement. Que faire à part obtempérer dans l'immédiat ?

— Ok, c'est bon, dis-je, ne sachant pas si je devais pleurer ou donner libre cours à un rire hystérique.

Il me traîna avec lui et nous gagnâmes une autre rue pendant que je comprenais que je m'éloignais de la maison de Matty. Dans quelle galère m'étais-je encore fourrée ? Cela me collait à la peau. Nous marchâmes environ deux minutes lorsqu'il me força à rentrer dans ce qui ressemblait à une maison désaffectée. Il me poussa brutalement et je tombai sur le sol encrassé. Je le vis avec horreur enlever la boucle de sa ceinture. Non ! Pas ça ! Il devait s'agir d'un cauchemar ! Je vais bientôt me réveiller avec soulagement dans mon lit, loin de ces détritus.

— Tu vas y mettre du tien, pas vrai ? dit-il en s'approchant de moi, le regard salace.

Il en était à jouer avec les boutons de son pantalon lorsque je vis une forme apparaître derrière lui. Je compris aussitôt de qui il s'agissait et ne laissai rien paraître à mon agresseur.

— Hé toi, dit mon nouveau sauveur d'un ton étonnement calme.

Mon assaillant se retourna brusquement.

— T'es qui toi ? demanda-t-il.

Ce dernier ne comprit pas ce qui lui arrivait lorsqu'Ernest, le propulsa d'un geste précis du pied pour qu'il allât choir loin de moi. Mais mon agresseur ne comptait pas en rester là, il se releva pour aller à la confrontation Ils luttèrent ainsi pendant quelques minutes, ce qui me parut une éternité. Leurs corps roulant l'un sur l'autre, un combat rythmé de coups de poings et d'autres gestes brutaux. Mon vainqueur, je l'avais déjà choisi. J'en étais à chercher quelque chose par terre pour assommer l'ennemi lorsque le combat prit fin à mon avantage car je me ruai sur Ernest et le serrai dans mes bras, soulagée. Il m'étreignit au point de m'étouffer.

— Tu vas bien ? demanda-t-il d'une voix pleine de compassion. Je ne répondis pas, pas parce que je ne le voulais pas mais il m'était impossible de dire quoi que ce soit. J'étais anéantie. Je m'éloignai de lui, me remémorant qu'il m'avait superbement dupée.

— Viens, me dit-il en me tendant la main. Je l'ignorai et voulus le dépasser mais il me saisit fermement le bras.

— Qu'est-ce qui se passe ? me demanda-t-il.

— Hein ? Qu'est-ce qu'il se passe ? m'insurgeai-je. Laisse-moi passer.

— Je te ramène chez toi.

— Ce n'est pas la peine.

— Je ne te quitte pas d'une semelle. Qui sait sur qui tu pourrais encore tomber en rentrant, m'asséna-t-il visiblement en colère.

— Fais ce que tu veux.

Il me ramena comme promis. Je le laissai dehors sans lui avoir adressé un seul mot. Une fois dans la maison, je caressai mon amulette qui était à nouveau devenue verte lorsqu'il m'avait extirpée des griffes de ce pervers. Je ne l'avais même pas remercié, je fis brusquement demi-tour et sortis de la maison. Nulle trace de lui dans la rue, il avait déjà disparu.

Ma nuit avait été désertée par le sommeil. J'avais ressassé la soirée d'hier sous toutes ses formes. J'avais refoulé ma mauvaise rencontre. Se battant pour la première place du podium, la disparition d'Amy et le phénomène Ernest. Je savais que pour toute personne sensée, ce dernier serait en première place mais je luttais contre mon propre esprit afin de banaliser l'évènement car l'admettre me ferait sans doute sombrer. J'avais toujours su que chacun avait et développait sa propre réalité. Je me rendais compte que la mienne était insignifiante et appartenait à l'infime partie visible de l'iceberg. Qu'ignorais-je d'autre encore ? J'avais besoin de parler. Il me fallait parler à quelqu'un, c'était vital. Ce matin, j'avais cherché mes mots en vain lorsque je prenais le café avec Matty. Je savais que même si elle était un être posé et terre à terre, il en allait autrement pour ses croyances. Pourtant les mots avaient eu du mal à franchir mes lèvres. Je ne me sentais pas capable d'aborder le sujet avec elle et en même temps, donner le change sur mes émotions. Cependant, j'avais besoin de me libérer et de m'ouvrir à quelqu'un. Un seul nom se détachait incontestablement des autres. Son ouverture d'esprit serait mon alliée car ce que je craignais le plus, était qu'on doutât de ma santé mentale. Faisant abstraction du décalage horaire, j'empoignai mon portable. La sonnerie retentit longtemps. Au moment où j'allais raccrocher en doutant de mes intentions, la voix s'éleva dans l'appareil, grogneuse.

— J'espère que c'est une urgence !

Je souris malgré moi et lui demandai :

— Je déraille est-ce que ça compte ?

— Tania ! C'est toi ?

—Oui, désolée de te réveiller mais je crois que tu peux réunir la cellule de crise.

— C'est si grave ?

— C'est grave.

— Ok, je suis toute ouïe.

— Voilà, disons qu'il m'arrive depuis quelques jours des choses assez étranges mais que je pense réelles.

— Réelles ?

— Oui ce que je veux dire c'est que je vis vraiment ces choses, ce ne sont pas des rêves.

Il fallait que je sois plus explicite, je me forçais à revivre la scène pour n'omettre aucun détail. Je me rappelais avoir vu Ernest se retourner en m'entendant crier et aussitôt, la moitié de son corps évaporé quelques instants plus tôt dans la nature, se reconstituait sous mes yeux. Pouvais-je vraiment raconter cela à Aretha ?

— Écoute, je vais être directe avec toi. J'ai vu un homme se reconstituer sous mes yeux, en fait j'ai vu la moitié de son corps…

Je marquais une pause pour laisser le temps à Aretha de réagir mais rien ne vint.

— Tu m'écoutes ?

— Si si mais je suis en train de faire du café, comment te dire… j'ai senti que j'en aurais besoin.

— Ne te moque pas, c'est sérieux.

— Je le sais ma belle, je te connais et je sais que ce n'est pas ton genre de fabuler. Où était le reste ?

— Le reste ?

— Oui, le reste de son corps.

— Je n'en sais strictement rien. C'est complètement dingue !

— En fait, tu ne l'as pas vu disparaître complètement, c'est bien ça ?

— Oui, pas complètement.

— Il faut que tu me dises dans quel contexte cela s'est passé, se pourrait-il que cet homme soit un magicien ou quelque chose dans ce genre ?

— C'est une blague ?

— Non, je suis sérieuse, dit Aretha.

— Non, je ne crois pas.

— Tu ne crois pas ? Tu le connais d'où ?

— En fait, il m'a sauvée la vie, une fois ou deux.

— Il t'a sauvée la vie ? Ok, je préfère ne pas en savoir plus sur ça si tu veux bien me ménager. Mais revenons à cet homme, tu ne sais pas ce qu'il fait dans la vie, il travaille ?

— Bah oui, je crois mais nous n'en avons jamais parlé. Je sais qu'il voyage, ça doit être surement lié.

— Alors de quoi parlez-vous lorsque vous vous voyez ?

— On s'éloigne Aretha !

Cette dernière éclata de rire.

— Oui oui mais je sens que tu ne me dis pas tout.

— C'est un appel longue distance, j'aime autant aller à l'essentiel. Pour répondre à ta question cela m'étonnerait que ce soit un magicien et c'est chez lui que j'ai assisté à la scène. Il ignorait que j'étais là. Lorsqu'il a senti ma présence, son corps qui n'était qu'un demi-corps est redevenu entier. C'est assez clair pour toi, ce que je raconte ou pas ?

— Oui, j'avais saisi depuis le début, tu me prends pour qui ?

— Pour toi, allez dis-moi que je ne suis pas folle.

—Bah, j'avoue que si je ne te connaissais pas, je dirais que tu l'es. C'est la première fois que j'entends une histoire pareille. Mais c'est toi, la personne la plus rationnelle que je connaisse à moins que tu ne souffres de ce mal… tu sais, ça arrive parfois…

— Je vois très bien ce que tu veux dire mais cela n'arrive que dans des cas de dépaysement extrême, enfin je crois.

— Je sais mais j'essayais juste d'être raisonnable Tania…

Après un court silence qui fit monter mon angoisse d'un cran, elle me dit enfin la phrase libératrice :

— Mais je te crois. Je sais que tu as vu ce que tu crois avoir vu. Mais avoue que c'est quand même incroyable ! Personnellement, autant mes croyances sont extensibles mais ça c'est fort ! Je n'aurais jamais cru cela possible. Quel choc t'as dû avoir ! Que te dire ?

— Oh Aretha, je ne sais plus moi-même…j'ai l'impression de perdre la raison.

— Et si c'était le cas ?

— Ne viens-tu pas de me dire que tu me croyais ?

— Si bien sûr, cela ne remet pas ça en cause, mais tu peux en venir à perdre la raison justement à cause de ce que tu as réellement vu.

Après un instant de silence, Aretha reprit :

— Je regrette de ne pas être là-bas avec toi.

— Je sais et moi donc.

— Bon, la seule solution, c'est de prendre le taureau par les cornes. Tu ne peux plus faire marche arrière et tu ne peux plus vivre en sachant que ces choses-là existent. Ne reste pas dans le doute, parle avec cet homme, ça vous permettra d'aller de l'avant. J'ai l'impression que tu l'apprécies et sache que s'il ne t'a pas ligotée et tuée alors que tu as découvert son secret, c'est qu'il te fait confiance. Peut-être même que c'est une délivrance pour lui, car il n'aura pas à te l'avouer. Il y a une explication plausible, il suffit de le lui demander.

— Quel dommage que tu ne sois pas ici avec moi. Tu es si ouverte d'esprit ! Ce pays recèle de tout ce que tu aimes. Tant de mystères.

— Tu me flattes !

— Non, c'est moi qui suis flattée d'avoir une amie telle que toi.

— Que devrais-je dire ? Fais-moi une promesse.

— Laquelle ?

— Sois prudente, ok ? Tu es en train d'évoluer dans un

monde dont tu ignores tout.

— Promis.

— Ouais, je ne te crois qu'à moitié mais ça vaut mieux que rien, pas vrai ?

— Vrai.

— Tiens-moi au courant et au moindre souci, prend le premier vol.

— Ne t'en fais pas, je serai la prudence même. Je t'embrasse.

Je venais à peine de raccrocher lorsque mon téléphone se mit à sonner. Je répondis immédiatement en reconnaissant le numéro.

— J'arrive, criai-je dans l'appareil.

— D'accord, je t'attends, me dit Matty.

C'était le jour convenu par cette dernière pour aller déclarer la disparition d'Amy à la police. Je courus dans ma chambre chercher ma besace et me rendis à la porte d'entrée. Je l'ouvris avec un tel empressement que je ne remarquai pas la personne que j'avais failli assommer.

— Oh pardon, dis-je confuse en fouillant dans mon sac à la recherche des clés de la maison. Lorsque je levai la tête, j'en restai bouche bée. Ce qui devait m'apparaître comme une bonne nouvelle me plongea dans une confusion sans pareil. Elle se jeta dans mes bras.

— D'où viens-tu ? demandai-je au bout d'un moment après avoir repris mes esprits. Non, attends, il faut que je passe un appel. Matty décrocha à la première sonnerie.

— Changement de plan, lui annonçai-je.

— Tu ne me rejoins plus ? me demanda-t-elle, loin de comprendre.

— Non, je crois que nous devrions oublier la police pour le moment. Enfin je crois…

Je me tournai vers Amy, la détaillai de la tête au pied, elle était sale et ne ressemblait pas à la fille coquette dont j'avais l'habitude. Peut-être que finalement la police serait nécessaire.

— Qu'en penses-tu ? devons-nous aller à la police ? lui demandai-je.

Amy ne me répondit pas mais se contenta de hocher négativement la tête. À l'autre bout de la ligne, Matty avait tout deviné.

— Elle est rentrée, c'est ça ? me questionna-t-elle.

— Oui, ne t'inquiète pas, je m'en occupe. Je te rappelle plus tard.

— Ok, j'attends ton appel.

Je me tournai vers Amy. Elle me jeta un regard vide. J'étais inquiète pour elle, elle avait l'air d'avoir vécu quelque chose de grave mais je ne savais pas par où commencer, c'était délicat.

— Ça va aller ? Tu veux prendre une douche ? Te reposer ? On parlera après, d'accord ?

Elle me tourna brusquement le dos. Je me rapprochai d'elle et posai une main rassurante sur son épaule. Lorsqu'elle me fit face à nouveau, ses yeux étaient brillants de larmes contenues.

— Je sais qui enlève les filles, lâcha-t-elle brusquement libérant enfin le torrent qui se déversa sur son visage.

6

Le Réveil

Il faisait sombre dans la pièce lorsque j'entendis la voix familière :
— Tu dors ?
Je fouillai des yeux la pénombre à la recherche de Matty et la vis dans l'encadrement de la porte. Je me redressai rapidement.
— Je me suis un peu assoupie, lui répondis-je.
Elle vint s'asseoir sur mon lit.
— Comment va-t-elle ?
— Franchement, je n'en sais rien, elle est comme traumatisée.
Matty porta la main à sa tête et enleva le bandeau qui libéra ses dreadlocks. Je la connaissais assez maintenant pour savoir que ce geste trahissait la lassitude.
— Quelle heure est-il ? m'enquis-je.
— À peine vingt-deux heures.
— Tu es rentrée tôt, il n'y avait pas de monde au restaurant ? Et Salomé ?

— Justement, je l'ai déposée chez la mère de Jay pour le week-end.

— Oui, j'avais oublié. Ceci étant, Amy est rentrée maintenant.

— Oui mais la mère de Jay se faisait une joie de la gâter et puis je crois qu'Amy aura besoin d'un peu de temps pour se reposer.

— Tu as raison.

— Alors, raconte-moi. Que s'est-il passé ? Tu devais me rappeler.

— Franchement elle faisait peur à voir. Elle était vraiment mal en point. Elle m'a dit qu'elle savait qui était responsable de l'enlèvement des filles.

— Ah bon ?

— Oui, alors j'ai supposé que c'était cette même personne qui l'avait enlevée mais pour une raison que j'ignore encore, elle a pu rentrer, contrairement aux autres.

— Tu supposes seulement ? Elle ne t'a pas dit qui c'était ?

— Eh bien...

La porte de ma chambre grinça. Nous nous retournâmes de concert, telles des conspiratrices.

— Alors, on chuchote dans mon dos ?

Amy était sur le pas, elle avait meilleure mine qu'à son retour.

— Ne vous inquiétez pas pour moi, je vais bien, reprit-elle.

— Viens donc t'asseoir avec nous, l'invitai-je en tapotant d'une main le lit. Lorsqu'elle s'approcha, Matty se leva et la prit dans ses bras.

— Je suis si contente que tu sois rentrée. Mais que t'est-il arrivé pendant ces deux jours ?

Amy s'assit sur le lit à son tour.

— C'était... horrible...

Son regard se voila.

— Cet après-midi-là, j'étais avec Josépha.

— Oui, nous savons, elle est très inquiète pour toi, coupa Matty.

— J'aurais mieux fait de rester avec elle.

— Pourquoi es-tu partie alors ? demandai-je, impatiente de connaître le fin mot de l'histoire.

Un peu plus tôt dans la journée, j'avais mis ma patience à rude épreuve lorsqu'elle avait lâché cette bombe en me disant connaître l'auteur des enlèvements. Elle pleurait tellement que j'avais préféré la laisser se reposer, remettant à plus tard ses confidences.

— J'ai aperçu quelqu'un que je connaissais. Il était avec une fille…et je l'ai suivi.

J'échangeai un regard avec Matty.

— Qui était-ce Amy ? demandai-je.

Elle nous regarda l'une après l'autre puis finalement avoua :

— Mon frère. C'est lui…c'est lui qui enlève les filles.

Le silence s'abattit sur nous plus pesant que jamais. Ce fut Matty qui le rompit en premier.

— Ton frère ? Je croyais que tu n'avais plus de famille ?

— En effet, je n'en ai plus. Il n'en fait plus partie.

— J'avoue que je ne comprends pas très bien où tu veux en venir ? Et comment sais-tu que c'est lui qui enlève les filles ? demandai-je.

— Je pense qu'il faut que je vous explique tout depuis le début. J'ai perdu mes parents et ma petite sœur dans l'incendie de notre maison, il y a cinq ans de ça. Si j'ai survécu c'est parce que j'étais absente ce soir-là ainsi que Brama. Mais l'incendie n'était pas accidentel. C'était mon frère qu'on essayait de brûler vif mais seulement, il n'était pas là… Il devait beaucoup d'argent à des personnes peu fréquentables, qui en guise de représailles, ne reculent devant rien. Depuis ce jour, je n'ai plus de famille. Malgré ses tentatives de se racheter en me suivant pour me donner de l'argent. Je ne veux rien de lui.

— Je suis désolée Amy, je ne savais pas que tu avais traversé un tel drame, dis-je peinée.

— Pourquoi ne m'as-tu jamais parlée de tout ça ? Tu sais que tu peux me faire confiance, acheva Matty.

— Je le sais mais je ne voulais pas t'accabler avec mes histoires. Et puis ça fait cinq ans que je vis avec.

—Tu as une famille maintenant, continua Matty. Nous sommes là, tâche de ne pas l'oublier. Cela arracha un sourire à Amy.

— Lorsque je l'ai vu avec cette fille, je les ai suivis par curiosité. Je souhaitais voir où il vivait et je ne voulais pas laisser cette fille seule avec lui. J'avais comme un mauvais pressentiment. J'ai essayé de rester aussi discrète que possible et au bout d'un moment, ils sont rentrés dans un maquis. Malheureusement, il m'avait remarquée ; un voyou de son envergure remarquait ce genre de chose. Il est ressorti par la porte de derrière seul et furieux. Il m'a demandée ce que je faisais là et m'a obligée à le suivre mais j'ai protesté avec force, et c'est à partir de ce moment-là que mes souvenirs sont devenus flous.

— Comment ça flous ? demandai-je au comble de l'impatience.

— Ce dont je me souviens ensuite, c'est de m'être réveillée dans une maison que je ne connaissais pas. Nous n'étions pas seuls, il y avait d'autres personnes, je ne pouvais pas les voir mais seulement les entendre car j'étais enfermée. J'ai supplié Brama de me relâcher. Il m'a dit que ce n'était pas de son ressort et que j'en savais trop. Ce matin, il est venu me trouver en me disant qu'il avait parlé avec les autres et que j'allais pouvoir rentrer. Et bien évidemment, je ne devais parler de tout ça à personne car il savait où me trouver. Ensuite, il m'a donnée à manger. Je ne me rappelle rien d'autre à part de m'être réveillée dans les locaux désaffectés de la gare.

Amy se frotta les yeux et secoua la tête.

— Dire qu'il s'agit de mon propre frère...

— Oui, ça doit être difficile à digérer, approuva Matty.

— Une chose est sûre, il a pris soin de te cacher l'endroit où il vivait, du moins le chemin pour y accéder car je suis sûre que tu serais incapable d'y retourner.

— Oui, j'ignore comment m'y rendre, je sais juste qu'il s'agissait d'une maison à cause des bruits.

— Il t'aurait droguée ? s'exclama Matty

-Un truc dans le genre, sinon comment expliquer qu'elle se souvienne de tout dans la maison excepté la façon dont elle s'y est rendue et repartie ? insistai-je.

Je me tournai vers Amy.

— Tu as dit qu'il t'avait donnée à manger avant que tout ne devienne confus.

— Oui, admit-elle.

— Je crois qu'il ne faut pas chercher plus loin. C'était par le biais de la nourriture. Par contre en ce qui concerne la façon dont il a procédé pour l'aller reste un mystère.

Matty se leva brusquement.

— Il faut prévenir la police, il faut stopper ça !

— Non ! Pas encore, je ne me sens pas prête à donner mon frère…

Je la pris dans mes bras et fis un clin d'œil à Matty.

— Bien sûr, nous comprenons et c'est à toi de décider mais Matty a raison, il est important d'arrêter ça.

— Je sais, dit-elle.

Nous ne pouvions peut-être pas encore en référer à la police mais une chose était sûre, nous avions besoin d'aide.

Je donnai plusieurs coups contre la porte mais mes sollicitations restèrent sans réponse. Cette fois-ci, il était hors de question de pénétrer dans la villa sans invitation. Lasse, je rebroussai chemin pensant rentrer mais mes pas m'amenèrent ailleurs, dans l'épicerie de Sika. Il y avait du monde à l'intérieur de la boutique et je marquai une pause devant l'entrée. Je voulais m'entretenir avec elle mais en privé. Je restai là un moment, indécise lorsque je sentis quelque chose m'effleurer. Je sursautai et me retournai mais je ne vis personne susceptible d'avoir commis un tel geste. Puis, j'entendis chuchoter mon prénom. Avais-je bien entendu ou était-ce mon imagination ? Je tendis l'oreille et à nouveau, un chuchotement. Cela ne fit plus aucun doute pour moi. Je fis un tour sur moi-même. La scène me paraissait surréaliste mais mes lèvres remuèrent d'elles-mêmes.

— Où es-tu ? m'entendis-je demander. Je ne reconnus pas ma propre voix car elle était différente. En effet, ce n'était plus la Tania d'avant, car celle-là n'aurait jamais posé une telle question. C'était une nouvelle Tania, celle qui faisait face à l'acceptation d'une réalité méconnue. Comme pour répondre à ma demande, je sentis comme un courant d'air. Oui, il était bien là.

— Il faut que je te parle, dis-je.

Je sentis quelque chose m'effleurer à nouveau.

— Pas ici, retrouve-moi à la villa. Nouveau courant d'air. Réalisant de quoi je pouvais avoir l'air aux yeux de quiconque m'ayant surpris en train de converser avec l'air, je me mis à rire nerveusement prouvant ainsi que j'étais bel et bien frappée de démence. Me ressaisissant, je pris à nouveau le chemin de la maison d'Ernest en me demandant comment il allait prendre ce que j'allais lui soumettre. En arrivant devant la demeure, je demandai à voix basse. ;

— Tu es là ?

Pour toute réponse, la porte s'ouvrit devant moi. Après être entrée dans le jardin, je sus qu'il s'était enfin personnifié derrière moi. Je me retournai et le vit. Il m'envoya un sourire penaud.

— Désolé pour cette représentation de mauvais goût mais je t'ai manquée de peu lorsque tu es passée tout à l'heure alors je…

-Tu m'as suivie, c'est bien ça ?

Il se passa la main sur la tête, nerveux.

— Euh…oui, on peut dire ça mais sortant de ta bouche, ça sonne bizarre et je me fais l'effet d'un…

— Pervers ? dis-je en souriant.

— Je ne serais pas allé jusque-là mais oui dans ce genre-là. Tu veux rentrer à l'intérieur ou rester dans le jardin ?

— Le jardin, répondis-je sans hésitation.

Le silence qui s'installa ensuite était pire que tout. Je ne savais pas par où commencer. Jusqu'où pouvais-je aller dans mes questions ? Cela me regardait-il vraiment ? Après tout, il n'était pas obligé de partager les secrets de sa nature profonde avec moi. Mes doutes s'intensifièrent et me pétrifièrent. Machinalement, je caressai la pierre à mon cou, toujours verte.

— Ça va ? se hasarda-t-il.

— Oui.

— Écoute, crevons l'abcès maintenant, proposa-t-il.

— Non.

— Non ?

— Ce que je veux dire, c'est que je regrette ma réaction de l'autre soir, je n'aurais pas dû m'énerver de la sorte. C'est moi qui suis entrée chez toi sans y être invitée.

Je m'assis sur le petit banc. Il fit de même et m'observa longuement, puis éclata de rire.

— Non, je ne peux pas croire ça.

Je ne comprenais plus rien.

— Tu ne peux pas croire quoi ?

— Que tu laisses tomber sans demander plus d'explications, ce que tu as vu était…

-Inconcevable ? Traumatisant ? Ce sont les mots que tu cherches ? En effet, c'était tout ça.

— C'était ?

— Oui, je n'ai pas d'autre choix que d'accepter ce que j'ai vu puisque cela s'est réellement produit.

Il se rapprocha de moi et saisit mon menton pour river nos regards.

— Je te l'ai déjà dit, tu n'as pas besoin de faire semblant avec moi.

— Je ne fais pas semblant, dis-je sur la défensive.

— Ah bon ? Moi ce que je vois, c'est que tu meurs d'envie de savoir pourquoi je suis différent de toi. Ne le nie pas, je le sais.

— Quoi ? En plus de disparaître, tu lis aussi dans les pensées ? demandai-je d'une voix teintée d'ironie.

— Ne le prend pas mal, mais je te devine, dit-il en soutenant mon regard.

J'étais sur le point de m'étouffer avec ma mauvaise foi mais je choisis finalement de capituler.

— Ok, admettons que tu aies raison, as-tu réellement envie de me raconter ce que selon toi, je meurs d'envie de savoir ?

Il lâcha mon menton et se cala sur le banc.

— Tu n'es pas prête à entendre ce que j'ai à raconter.

— Là, je ne suis pas d'accord, de quel droit crois-tu savoir ce que je peux supporter ou non ? dis-je enragée.

— Tu as raison, je me suis mal exprimé. Peut-être que c'est moi qui ne suis pas prêt à partager cela, mais sache que ce n'est pas l'envie qui m'en manque de le faire avec toi, bien au contraire.

— C'est une chose que je peux parfaitement comprendre.
Soudain, il détourna les yeux et sembla perdu dans ses pensées. Il m'intriguait. Il représentait à lui tout seul, une énigme. Il me faisait l'effet d'un homme qui abritait de la lave incandescente au bord de l'explosion dans ses veines au lieu de contenir du sang. Un homme dans une lutte perpétuelle avec lui-même.
— Ernest…
— Oui ?
— As-tu entendu parler des disparitions ?
— Qui a disparu ? me demanda-t-il en reportant son attention sur moi.
— Tu veux dire que tu n'es pas au courant ?
— Non ? devrais-je ?
— Je suis surprise que tu n'en aies pas entendu parler car toute la ville ne fait que ça.
— Disons que je n'ai pas le temps de me mêler aux autres.
— Ton travail ? C'est ça qui te prend tout ton temps ?
Le regard qu'il me lança me mit mal à l'aise.
— Si tu veux savoir quelque chose, pose-moi franchement la question au lieu de tourner autour du pot, dit-il, irrité.
— J'en ai tellement de questions à vrai dire.
— Je le savais, dit-il rieur.
— Tu m'as dit que tu travaillais dans quoi déjà ? tentai-je.
— Il ne me semble pas avoir abordé ce sujet avec toi, dit-il placide.
— Ah bon ?
Il secoua la tête, évidemment pas dupe.
— J'étais médecin.
— Tu ne l'es plus ?
— Je n'exerce plus.
— Mais pourquoi ? Tu es encore jeune.
— Disons que je me consacre à autre chose maintenant.
Je scrutai son visage, il était grave et distant.

— Quel mystère ! dis-je
Il me jeta un rapide coup d'œil.
— Eh bien, il ne te reste plus qu'à le résoudre, quelque chose me dit que tu adores ça.
— Tu ne crois pas si bien dire, rétorquai-je.
Il sourit.
— Je sais que tu n'as pas envie de parler de ta situation, je parle de ce qui te différencie des autres mais tu pourrais mettre ça au profit de la police par exemple, dis-je en haussant les épaules.
— La police ? Je ne crois pas que tu te rendes bien compte de ce que tu dis. Si la police apprenait cela ou quiconque d'autre, je serais perdu.
— Mais pourquoi ?
— Les gens prennent ce qu'ils ne maîtrisent pas pour une menace.
— Dans ce cas, œuvre dans l'ombre, insistai-je. Pense à tout le bien que tu pourrais faire autour de toi.
— On ne t'a jamais dit de ne pas te fier aux apparences ? En ce qui me concerne tu n'as vu qu'un seul côté de la médaille.
— Montre-moi l'autre côté alors. J'ignore pour quelle raison car nous nous connaissons à peine, mais je sais que tu me fais confiance, sinon je ne pense pas que nous serions en train d'avoir cette conversation.
— C'est compliqué et puis tu en sais déjà pas mal.
Je soupirai bruyamment, agacée.
— Laisse-moi le temps, veux-tu ? murmura-t-il.
— Pendant ce temps, des filles disparaissent, m'écriai-je.
Cette fois-ci, il me toisa durement.
— Je ne suis pas responsable de leurs disparitions.
— Certes mais…
— Non ! Tu ne sais pas dans quoi tu mets les pieds.
— Et toi tu le sais ?

Il se leva d'un coup.

— Je dois y aller.

Il ne me prêta aucun regard lorsqu'il me dépassa. Je lui tournais le dos, pourtant je sus lorsqu'il s'évapora, me laissant seule avec mes doutes.

— C'est ça, fuis ! murmurai-je.

Je fermai les yeux, déçue car je savais que j'avais été trop loin. À cet instant, je me promis qu'un jour, je découvrirai ce que cet homme s'évertuait à me cacher.

C'était l'extase, je sentais le liquide couler dans ma gorge avec apaisement alors que je buvais mon verre d'une longue gorgée.

— J'avais tellement soif !

Sika darda un regard rieur sur moi.

— Oui, j'avais remarqué. Désolée pour tout à l'heure, il y avait tellement de monde que le temps de me retourner, tu n'étais plus là.

— Oui, j'avais une course à faire, la rassurai-je.

— J'espère que tu fais attention à toi avec toutes ces disparitions. Apparemment, ce sont les belles et jeunes femmes qui sont visées, ce qui m'épargne puisque je suis au bord de la décrépitude.

Sika devait à peine avoir la quarantaine.

— Tu exagères un peu, non ? Enfin, n'empêche que tout cela est inquiétant.

— Oui, surtout qu'on ne les retrouvera pas.

— Peut-être que cela viendra, du moins je l'espère.

— Cela s'est déjà produit par le passé et on ne les a jamais retrouvées. En l'espace de deux semaines une vingtaine de filles avait disparu dans la nature sans laisser de trace.

— Pas même leurs corps ?

— Rien, rien du tout.

— Étrange… au fait tu connais la vieille dame dans la forêt ?

— Quelle vieille dame ? me demanda-t-elle.

— Arrête de faire des mystères, je l'ai vue !

— Non, je t'assure, je ne vois pas de qui tu parles.

— Tu m'avais dit que tu connaissais bien les bois et que Kadjè n'existait pas. Je suis d'accord avec toi sur ce point mais à la place, il y a cette vieille dame.

— Je ne vois toujours pas, tu veux dire que tu t'es aventurée seule dans la forêt ?

— Oui.

— Mais pourquoi ?

— Comme ça, j'avais besoin de marcher et d'être seule. Ne t'en fais pas, je n'ai parlé de cette étrange rencontre à personne.

— Et tu as retrouvé ton chemin toute seule ?

— Oui.

— Mais il n'y a personne dans cette forêt et c'est vrai, je la connais parfaitement. Depuis mon enfance, je la fréquente.

— Mais j'ai vu…

— Oh ! Je crois savoir ce qui s'est passé. De l'autre côté de la forêt, il y a un village ; cela m'étonnerait que tu l'aies trouvé car c'est à une journée de marche mais tu as sûrement rencontré quelqu'un qui en venait et qui se promenait comme toi.

C'est à ce moment précis que je compris que Sika ignorait l'existence de Damée. Elle ne pouvait venir du village voisin car sa maison se trouvait dans les bois, plus proche de la ville que de l'autre village. Une chose était sûre, je n'avais pas marché une journée donc pour l'autre village, c'était exclu. Sika ne connaissait pas aussi bien la forêt qu'elle le prétendait. Inutile pour moi de rentrer dans les détails avec elle.

— Tu dois avoir raison, dis-je sans en croire un mot.

Il ne me restait plus qu'une seule chose à faire.

J'étais confuse au point de ne plus savoir ce que je faisais et pourquoi je le faisais. Tout ce que je pouvais ressentir, m'alertait. Ce que je vivais était indéfinissable et me faisait aller à l'encontre de moi-même. Tout en marchant, je me répétais que Sika avait tort, elle ne s'était jamais aventurée aussi loin que je l'avais été. Peut-être aurais-je dû lui proposer de venir avec moi ? J'en doutais néanmoins. Je n'avais pas remarqué la dernière fois que la forêt était aussi dense. Heureusement qu'il faisait jour et ce sera toujours le cas lorsque je reprendrai le chemin du retour. Je débarrassai les obstacles sous forme de branches de mes mains tout en avançant. Seule au beau milieu de ces arbres, j'étais la proie idéale pour quiconque aux intentions malsaines. Je n'avais rien dit à Matty sur Kadjè. Le fait d'affirmer qu'il n'existât, pas aurait sans doute engendré d'autres questions auxquelles il m'aurait été difficile de répondre. Il valait mieux attendre pour l'instant. Au bout d'un moment, je me rendis compte que j'aurais déjà dû tomber sur les maisonnettes de Damée. Je m'arrêtai et contemplai la clairière. Aucune trace d'une quelconque habitation et pourtant j'en étais sûre, j'étais bien au bon endroit. J'étais également certaine que je ne l'avais pas rêvé. La pierre à mon cou était là pour en témoigner. Tout cela se serait évaporé comme par enchantement ? Le pire était que je prenais cela avec un calme surprenant. Je tournai sur moi-même et ne rencontrai que la brise. Je ne perdais pas la tête, j'avais réellement rencontré Damée. Ernest avait essuyé le sang sur mon front. Il se passait quelque chose au plus profond de mon être. Je compris que j'étais tout simplement en train de franchir une des étapes de ma vie. Et cette marche-là, abritait l'inconnu qu'il me tardait de découvrir pour pouvoir enfin regarder le monde tel qu'il était et non à travers un rideau. Ce qu'il m'arrivait était monumental. C'était mon réveil.

7

Rapprochement

Il entra dans la pièce sombre et étouffante. L'odeur qui lui chatouilla les narines était celle de la féminité. Brama regarda longuement les corps allongés et serrés les uns contre les autres. La plupart de ces femmes étaient à moitié nues. Un spectacle qui aurait ravi n'importe quel homme, mais lui ne voyait en elles que sa propre survie. Il hurla :

— Debout !

Elles sursautèrent d'un même mouvement. Elles savaient ce que cela impliquait. Cela faisait longtemps qu'elles étaient plongées dans ce tourment. Ce jour n'en était qu'un parmi tant d'autres. L'une d'elles parla :

— J'aimerais me laver.

Brama s'approcha d'elle et écrasa son visage contre le sien.

— T'es au même régime que les autres. La douche c'est deux fois par semaine.

— S'il te plaît, gémit la voix pleine d'espoir.

Brama lui claqua sa main au visage avec une violence

dissuasive.

— Je vous veux en bas dans cinq minutes, tonna-t-il avant de disparaître.

Elles s'habillèrent en vitesse et descendirent comme le souhaitait leur geôlier. Au rez-de-chaussée, c'était l'effervescence. Brama était là, avec deux autres hommes qui n'étaient ni plus ni moins leurs souteneurs. La nuit venait de tomber. C'était toujours à ce moment-là que la maison se remplissait. Pour les visiteurs, c'était soit la fin d'une journée de travail, soit la maîtrise des excuses bidon pour s'enfuir du domicile conjugal. L'essentiel était d'être là. Et ils étaient là, tous ces hommes en quête du bon temps par le biais d'un corps à corps moyennant finance. Peu leur importait ce qu'il en coûtait à leurs outils de plaisir outragés. Cela ne représentait un désagrément que pour celui qui s'en souciait, autrement dit personne. Elles défilèrent les unes derrière les autres, puis se mêlèrent à la masse. Les habitués se reconnurent entre eux. L'impudicité était poussée à son comble lorsque les femmes sous les yeux menaçants de leurs maquereaux déshabillèrent les hommes. Il n'y avait pas d'isolement possible. Une seule et unique pièce tenait lieu du temple ou la fornication n'aurait plus de limite jusqu'à l'aube, laissant ces femmes vides de leurs illusions. Plus le temps passait et plus le spectacle révulsait Brama. Loin d'être l'image de la vertu, sans oublier ses comportements immoraux, il était néanmoins d'accord sur le fait que ce qui se passait sous ses yeux tous les jours, était complètement abject. De plus, la peur qui s'était instaurée en ville, n'était pas pour le rassurer. Peut-être devrait-il se convertir ? Après tout, il connaissait maintenant la plupart de ces hommes, il lui serait tellement aisé de les faire chanter. Mais il savait aussi pertinemment que c'était loin d'être une bonne idée ; que pourrait-il faire après si tout cela tournait mal ? Il n'en savait rien mais une chose était sûre, il serait fini pour de bon. Jamais il n'aurait pensé regretter le temps où il commettait seul ses larcins. Certes, il ne vivait plus au jour le jour comme par le passé mais il n'était plus maître de lui-même. Il devait sans cesse en référer à ses supérieurs. Ce n'était pas ce qu'il souhaitait. L'évolution qui lui avait été promis, ne viendra jamais, il le savait à présent. Il n'était qu'un exécutant et malheureusement, le restera. Toutefois, un problème majeur subsistait. Comment quitter ce travail sans en subir les conséquences ? Il était incapable de répondre à sa propre question car désormais il en savait trop. Et quelqu'un d'autre était sur le point d'en connaître autant que lui. Il n'avait pas remarqué qu'il avait mal tiré les rideaux opaques recouvrant les fenêtres qui donnaient dans la rue. Par l'interstice laissé libre par cette inattention, se dressait un visage épiant les moindres faits et gestes des participants de cette soirée.

J'avais le sentiment que je n'allais pas lui échapper. J'avais beau courir de toutes mes forces, il me semblait faire du surplace. Je jetai un regard en arrière et vis qu'il était presque collé à mon dos. La pénombre m'empêchait de distinguer son visage, c'était une hantise. Depuis combien de temps courais-je ? J'étais en sueur. Enfin, comme par enchantement, je sortis de la forêt et jaillis dans la lumière de la ville. Malheureusement pour moi, c'était le début de la fin. Je trébuchai et tombai par terre. Je voulus me relever pour reprendre ma course mais c'était impossible, j'étais paralysée. Aucun de mes membres, n'esquissa le moindre geste. Effarée, je vis l'homme s'approcher. La lumière éclaira son profil. C'était Marcus ! Mais lorsqu'il se pencha sur moi, je découvris son autre profil. J'étais face à un homme au double visage. Je constatai avec effarement que l'autre moitié appartenait à Ernest. La stupeur m'enveloppa et je hurlai, ce qui me réveilla. Je reconnus avec soulagement le décor agréable. Je m'étais assoupie sur une chaise longue dans la cour de la maison mais je n'étais pas seule. Amy m'observait avec inquiétude.

— Tu vas bien ? lança-t-elle.

— Oui, ce n'était qu'un mauvais rêve, lui répondis-je.

— Bienvenue au club, dit-elle.

— Toi aussi ?

Elle garda le silence un moment avant de répondre.

— Malheureusement oui, j'en fais régulièrement depuis la mort de mes parents.

Compatissante, je me levai et posai une main sur son épaule, elle la serra et me dit :

— On y va ?

— Oui, en fait je t'attendais avant de m'assoupir.

Il était prévu que nous déjeunions au restaurant de Matty. Sur le chemin, je ne pouvais que m'interroger sur ce rêve étrange. Pourquoi ce double visage ? Marcus était mort, il ne pouvait plus me faire de mal. Mais peut-être était-ce ce qu'il avait représenté pour moi qui me faisait l'associer à Ernest. Pourtant, les deux personnages n'avaient rien en commun. Marcus avait compté dans ma vie, or il n'était pas digne de confiance, pire c'était un assassin. Je ne voyais qu'une seule explication digne de mon inconscient torturé. Il m'envoyait des signaux, peut-être devrais-je accroître ma méfiance envers Ernest ? Il était évident que je devrais mon bon sens me faisait défaut. Impossible pour moi de mettre un nom sur cette attirance, elle était trouble tout comme la relation que j'entretenais avec lui. Une chose était pourtant sûre, je n'avais pas peur de lui, mais peut-être devrais-je ?

Quelques instants plus tard, mon esprit était à des milliers de kilomètres d'Ernest. J'étais repue et n'avait qu'une seule envie, aller faire une bonne sieste pour oublier la lourdeur de mon estomac.

— Je ne m'en lasserai jamais, rien que pour ce poisson braisé, je rouvrirai un restaurant, dis-je en caressant lentement mon ventre.

— Tu devrais te voir quand tu manges ! dit Amy en riant.

J'imaginais sans peine l'image que je devais renvoyer et ris de celle-ci.

Je sentis une bouche qui s'écrasa sur ma joue, c'était Jay, il s'assit avec nous et commença à taquiner Amy.

— Alors la survivante, ça va ?

Cela faisait partie du caractère de Jay de tout tourner en dérision. Lui aussi s'était beaucoup inquiété lorsqu'elle avait disparu. Faire comme si rien ne l'atteignait était au centre de sa discorde permanente avec Matty. J'observais attentivement Amy, elle lui souriait. C'était aussi cela Jay, on ne pouvait pas lui en vouloir de son manque de tact. J'ignorais toujours les intentions d'Amy. À mon sens, il était temps pour elle d'aller voir la police. Des vies étaient en jeu. Mais il était vrai que je n'étais pas à sa place. C'était la vie de son frère qu'elle allait devoir troquer et elle seule, pouvait prendre cette affreuse décision. Jay proposa de nous déposer lorsque nous décidâmes avec Amy de regagner la maison. Je m'empressai de décliner son offre car j'avais besoin de faire un peu de marche. Sur le chemin, nous avancions à petites foulées et discutions mollement jusqu'à ce que je m'aperçusse qu'Amy n'était plus avec moi, du moins de par son esprit. Je suivis son regard et tombai sur un homme qui lui ressemblait étrangement. Ma certitude concernant cet individu se raffermit lorsqu'Amy reprit notre conversation avec plus d'entrain qu'elle ne le méritait. Cet homme était son frère. Elle avait délibérément choisi de me le dissimuler. Peut-être voulait-elle finalement le laisser en paix ? Lui-avait-elle pardonné ? Moi, je ne pouvais laisser les choses aller de la sorte. Je devais en savoir plus. Je m'arrêtai brutalement de marcher et plaquai une main sur mon front.

— Oh ! J'avais oublié, j'ai une course à faire avant de rentrer.

— Pas de problème, allons-y, proposa Amy.

— Non, rentre à la maison, je préfère que tu te reposes.

— Non ce n'est pas un problème, insista-t-elle.

Il fallait à tout prix me débarrasser d'elle. J'espérais que son frère n'avait pas disparu car il m'était impossible à présent de lancer des coups d'œil dans sa direction sans qu'Amy ne devinât mes intentions.

— Écoute Amy, il s'agit d'un homme que j'ai rencontré…

— Oh mais il fallait le dire plus tôt. Et moi qui insistais !

— Ce n'est pas grave, la rassurai-je tout en me sentant minable de lui mentir.

— File ! À tout à l'heure, me dit-elle avec un sourire complice.

— Ok, j'y vais.

Je me retournai et constatai que le filet était vide, le poisson s'était fait la malle. Heureusement, il ne pouvait avoir pris qu'un seul chemin. Avec un peu de chance, j'allais le retrouver. Je me retins de courir et me mis à marcher avec une nonchalance feinte. Lorsque je débouchai dans la rue en question, je la fouillai du regard et reconnus la silhouette recherchée. Il s'était arrêté pour converser avec quelqu'un. Je devais prendre garde, il ne devait pas me remarquer. Je m'arrêtai devant une marchande de fruits pour acheter une orange pour laquelle mon estomac n'avait plus aucune place. Néanmoins, j'écartai un peu plus l'ouverture dans le fruit, préparée d'avance par la vendeuse. Une fois satisfaite, je le pressai dans ma bouche afin d'en recueillir le jus. Je répétai ce geste à plusieurs reprises jusqu'à ce que mon homme se remît en marche. C'était la première fois de mon existence que je filais quelqu'un. Afin d'avoir l'air encore plus naturelle, je sortis mon portable de mon sac et le collai à mon oreille, et me voilà en grande conversation avec moi-même. Tout cela me paraissait tellement simple, en tous cas, mon plan l'était. Il s'agissait de découvrir l'endroit où cet individu gardait les filles, ensuite, je n'aurai plus qu'à donner un coup de fil anonyme à la police en espérant qu'elle n'arrivera pas trop tard. Cela libérera Amy puisqu'elle n'aura plus à faire ce choix difficile. J'espérais qu'il n'aurait pas à monter dans une voiture ou un taxi. Il me serait alors difficile de poursuivre ma mission sans me compromettre. J'éludai rapidement la question et priai pour que ce ne fut pas le cas. Je maintenais une bonne distance entre nous tout en continuant de simuler une discussion téléphonique. J'espérais que cela n'allait pas durer une éternité lorsque mes sandales me lâchèrent. En les mettant ce matin, j'avais senti la menace mais pas réalisé son ampleur. Tout en pestant, je me baissai rapidement pour faire un nœud de consolidation afin de pouvoir marcher ou plutôt devrais-je dire, claudiquer. Je me relevai satisfaite mais cela ne dura qu'une seconde. Je regardai devant moi, nulle trace de l'objet de mon attention. Je balayai les environs des yeux avec fébrilité. Mon portable ne servant plus à rien, je le jetai violemment dans mon sac. Au même moment, je sus que je venais de commettre là, une erreur. Derrière moi, la voix s'éleva calme mais menaçante.

— Qu'est-ce que tu me veux ?

Je n'avais pas besoin de me retourner pour comprendre que de chasseresse, j'étais devenue proie. Rassemblant tout mon courage, je me retournai brusquement :

— Pardon ? lançai-je en plaquant un air ahuri sur mon visage.

— J'ai dit qu'est-ce que tu me veux ?

De près, la ressemblance avec Amy était encore plus frappante.

— Dans le cas présent, ce serait plutôt à moi de vous demander ce que vous me voulez car moi je ne vous connais pas.

— Tu me prends pour un idiot ? Ça fait un quart d'heure que tu me suis…

Il fut brutalement interrompu.

— Chérie, je t'appelle depuis tout à l'heure mais tu ne m'entends pas. Viens, je suis là-bas, dit Ernest en pointant du doigt, la terrasse d'un bar. J'étais ébahie mais le cachai du mieux que je pus. Remarquant mon malaise, il insista :

— Tu es en retard, comme toujours.

— Je suis désolée mais j'ai eu un imprévu, dis-je en lui montrant mes sandales.

Notre petit numéro avait eu raison du frère d'Amy, sans un mot, il nous abandonna sur place. Je le regardai s'éloigner, impuissante sachant que je ne pouvais plus rien faire, j'étais repérée. Lorsque je reportai mon attention sur Ernest, son regard était mitigé. Il m'observait avec un mélange de réprobation et d'amusement.

— Quoi ? lançai-je.

Il ne répondit pas et se contenta de m'observer.

— Allez ! Déverse tout ton soûl ! le priai-je.

Il choisit finalement de s'esclaffer franchement. Son rire était communicatif mais je ne voulais pas rire à mes propres dépens. Très vite, il redevint sérieux même nerveux. Il enfonça ses mains dans ses poches, puis d'une voix basse, questionna :

— Ça te dirait de passer le week-end chez moi à Kopali ?

— C'est pour ça que tu m'as suivie ? demandai-je.

— Qui te dit que c'était toi que je suivais ? rétorqua-t-il.

Je haussai les sourcils.

— Tu le suivais lui ?

— Tu n'as pas répondu à ma question, coupa-t-il.

— Je ne te suis pas très bien, la dernière fois tu m'as abandonnée sans explication chez toi et là tu veux m'inviter ?

— C'est ma façon de m'excuser, dit-il.

— Je vois. Moi qui pensais juste t'extorquer un verre à la terrasse de ce bar, me voilà invitée dans une maison de rêve !

— Ça veut dire que c'est oui ?

— Tu sais, j'étais sur une piste intéressante et ça marchait plutôt pas mal.

Il me regarda d'un drôle d'air.

— Ah oui ? J'ai plutôt l'impression que les choses auraient tourné au vinaigre si je n'étais pas intervenu.

Il avait parfaitement raison et sa proposition tombait à pic. Deux jours avec lui, c'était inespéré. J'allais enfin pouvoir le coincer et connaître la vérité sur lui, toute la vérité.

— À quelle heure décolle-t-on ? demandai-je, espiègle.

— C'est donc oui alors.

— On va dire que c'est ma façon de te remercier.

— De quoi ? demanda-t-il tout sourire.

Je me rapprochai et lui chuchotai à l'oreille :

— De m'avoir sortie des griffes de ce mec pas très commode.

L'Étreinte des Âmes errantes – Le Réveil

— C'est donc oui alors.

— On va dire que c'est ma façon de te remercier.

— De quoi ? demanda-t-il tout sourire.

Je me rapprochai et lui chuchotai à l'oreille :

— De m'avoir sortie des griffes de ce mec pas très commode.

Une heure déjà que j'étais étendue avec l'espoir de m'endormir mais plus le temps passait et plus je sentais que mes espérances avaient peu de chance d'être comblées. Cependant je n'étais pas surprise car à peine avais-je mis les pieds dans la voiture que je m'étais immédiatement assoupie. Je ne m'étais réveillée que lorsqu'Ernest avait garé la voiture. Une fois arrivée, j'avais refusé de dîner afin de monter me coucher plus rapidement. La fatigue qui avait alors guidé mes pas m'avait à présent désertée. Que faire à présent ? Pour couronner le tout, j'avais terriblement faim. Peut-être Ernest ne dormait-il pas encore ? La maison était si silencieuse que je me demandais si je n'y étais pas seule. Je me levai brusquement. La hauteur de ce lit était impressionnante. Cependant avertie, je sautai à terre prestement. Je tournais en rond, incapable de prendre une décision. Au bout de quelques minutes de tergiversations, j'attrapai la bougie à mon chevet, puis ouvris la porte de ma chambre. Le couloir était illuminé mais je serrai le chandelier telle une arme. Pourquoi l'angoisse m'étreignait-elle ainsi ? Tout en me maudissant d'être à la merci de mes émotions, je dévalai les marches, pieds nus. Arrivée en bas, au lieu de prendre le chemin qui m'avait conduite dans le salon lors de mon dernier séjour, je pris la direction inverse. Je débouchai sur un autre couloir comportant plusieurs portes, elles étaient apparemment toutes fermées sauf une d'où filtrait de la lumière. Je m'avançai et donnai quelques coups contre le chambranle. N'obtenant pas de réponses, je poussai la porte. S'offrait à moi, un lieu empreint de merveilles artistiques. J'ignorais que mon hôte était à ce point cerné par l'art. Nous n'avions jamais évoqué le sujet, raison pour laquelle ma surprise était à son comble. Je cheminai jusqu'à la grande table près de la fenêtre et y laissai mon bougeoir. Je fis un tour sur moi-même, il devait y avoir au moins une quinzaine de tableaux, tous magnifiques mais différents des portraits décorant les murs du premier étage. Je reçus la beauté de ceux-ci de plein fouet. Je les détaillai un à un. J'avais l'impression d'être en accord parfait avec le peintre tant je percevais son sens artistique. Mon regard fut soudain attiré par une toile posée sur un chevalet mais impossible pour moi de savoir de quoi il s'agissait, elle était recouverte d'un tissu blanc. Peut-être n'était-elle pas finie ? Ernest serait-il l'auteur de ces merveilles ? Ma curiosité prit le dessus et je m'approchai tant j'avais hâte d'admirer sa prochaine œuvre. J'attrapai le tissu, prête à en dépouiller le tableau lorsque j'entendis :

— Tu me cherchais ?

Je suspendis mon geste et fis volte-face. Ernest était debout dans l'encadrement de la porte le regard sombre. J'étais sur le point de m'extasier sur ses œuvres mais son air grave me coupa dans mon élan. Je me rendis compte à quel point, une fois encore, j'avais poussé mon indiscrétion. Évitant son regard, je bredouillai :

— Oui, je te cherchais, j'ai vu de la lumière et…

— Je suis là, coupa-t-il. Tu as besoin de quelque chose ?

Sa froideur me transperça. Super, mon séjour s'annonçait des plus joyeux !

— Je n'arrive pas à dormir et puis j'ai une petite faim, dis-je d'une petite voix.

Enfin, je vis un sourire éclairer son visage et il entra dans la pièce.

— Accorde-moi une seconde. C'est à ce moment-là que je vis qu'il tenait quelque chose dans sa main. C'était un tube à essai. Il me dépassa et entra dans une pièce contiguë et en ressortit aussitôt.

— Je vais prévenir Djiantou.

— Non, laisse-la dormir, plaidai-je. Je peux me trouver à

manger toute seule. Montre-moi la cuisine et ça ira.

Il me fixa un instant et sembla hésiter, puis acquiesça.

— Viens, me dit-il en sortant de la pièce. Je le suivis en silence. Lorsque nous arrivâmes dans la cuisine, il fit un tour sur lui-même embarrassé puis me lança un regard de dépit.

— J'ignore où se trouvent les choses, je vais demander à…

— Non, laisse-moi faire. Tu as mangé ?

— Non.

— Non ? Pourquoi ?

— Je n'avais pas envie de dîner seul, tu étais partie te coucher et puis je n'avais pas faim.

— Remédions à cela maintenant.

Son regard posé sur moi, était grave. Je n'en pouvais plus, je devais savoir ce qui lui arrivait.

— Ernest, qu'est-ce qui ne va pas ? Regretterais-tu de m'avoir invitée ?

— Ne sois pas absurde, c'est tout le contraire, dit-il en se retournant, évitant mon regard.

— Dans ce cas, pourquoi cette distance ?

Il garda le silence un moment puis brusquement, il se retourna et me gratifia d'un sourire qui je le sentais, devait lui coûter.

— Je vais t'aider, me dit-il.

Je fus la plus rapide à dégoter le repas qui avait été préparé à notre intention mais puisqu'aucun de nous deux ne l'avait honoré, il se trouvait dans le garde-manger.

— Aussitôt dit, aussitôt fait, m'écriai-je. Où veux-tu te mettre ?

Il passa derrière moi. Il devait être si proche que je sentis sa chaleur m'irradier le dos. Je ne bougeai pas et restai immobile dans l'attente de ce qui allait suivre. Cette petite scène dura à peine quelques secondes mais me parut intense. Je sentis ses lèvres se poser sur mon cou, tendres et discrètes, puis ce fut fini. Il repassa devant moi et plongea son regard dans le mien.

— Où tu veux, c'est toi qui décides.

Je restai pétrifiée encore sous le coup de ce petit baiser à tel point que je voyais un double sens dans ses propos. Etait-ce le cas ? Il fallait me ressaisir d'autant qu'il me scrutait avec insistance.

— Dans ce cas, restons ici puisque nous y sommes déjà, articulai-je.

Nous nous installâmes à la table en bois et je disposais les mets, je trouvais avec facilité les couverts et il s'en rendit compte.

— On dirait que tu as toujours habité ici, me lança-t-il.

J'étais contente de voir qu'il avait retrouvé le sourire. Je devais apprendre à composer avec ses changements d'humeur.

— Je voulais te dire, j'adore les tableaux qui se trouvent dans l'atelier. C'est toi qui les as peints ?

Il me lança un long regard qui me mit mal à l'aise.

— Tu me crois capable de telles merveilles ?

— Pourquoi pas ?

— Tu me flattes mais je ne les ai pas peints, dit-il laconique.

— J'ai aperçu aussi la toile sur ton chevalet alors j'ai cru que c'était une œuvre en cours de réalisation.

— Non, elle est finie depuis longtemps et je n'y suis pour rien non plus.

— Je peux la voir ? demandai-je curieuse.

— Pas pour le moment, en fait, elle a besoin d'être restaurée.

—Ah, plus tard alors, dis-je déçue.

-Oui, sûrement.

Nous mangeâmes assez rapidement étant donné l'heure tardive. Aucun de nous deux n'avait vraiment envie de prolonger ce moment. Ernest selon moi, avait quelque chose sur *le feu* que j'avais interrompu en allant à sa rencontre. Quant à moi, le fait de m'être nourrie me procura l'alanguissement nécessaire pour un sommeil rapide. Il m'accompagna devant l'escalier et me souhaita bonne nuit.

— Tu ne vas pas te coucher ? demandai-je.

— Je ne vais pas tarder, me répondit-il avec un petit sourire.

— Alors on se voit demain, bonne nuit.

Je montai les marches, consciente de son regard dans mon dos. Je me dépêchai de regagner ma chambre et m'allongeai sous les draps avec un soupir de confort.

Ernest lui, se rendit directement dans l'atelier. Il avança lentement vers la toile recouverte. D'un geste précis, il arracha le tissu. Son regard se chargea d'adoration. De sa main, il suivit les contours du portrait devant lui, puis dans un souffle à peine audible, il murmura :

— Tu me manques tellement.

Après s'être recueilli quelques instants, il recouvrit le tableau avec soin puis se dirigea vers la pièce contiguë et s'y enferma.

Au matin, lorsque Djiantou arriva, j'étais plutôt d'humeur radieuse. Le soleil était déjà levé et je n'avais qu'une envie, explorer Kopali. La dernière fois, suite à ma petite mésaventure, le temps m'avait manqué. Olivio ne tarda pas avec les brocs d'eau chaude. Après avoir conversé quelques instants avec lui, c'est avec délice que je me glissai dans mon bain. La camériste revint après ma toilette pour m'annoncer :

— Monsieur vous attend pour le petit déjeuner.

J'enfilai rapidement un jean et un débardeur. Je chaussais ensuite mes tongs et la suivis dans les escaliers. Je ne me ferai jamais à ce cérémonial pour aller rejoindre le maître de maison. J'arrivai dans la salle à manger, elle était vide. Je m'installai et attendis. Quelques instants plus tard, il arriva. Je le détaillai de haut en bas. Mes lèvres avaient dû s'étirer malgré moi car il me questionna :

— Pourquoi ce sourire ?

— Oh, nous sommes habillés de façon identique. Il me lança un regard appréciateur et je me levai pour lui offrir une vue intégrale. Hormis sa chemise blanche vaporeuse, tout y était, jeans et sandales. Il s'approcha de moi mais garda une certaine distance.

— Tu as bien dormi ? me demanda-t-il.

— Très bien et toi ?

Il se retourna et tout en se dirigeant vers son siège à l'autre bout de la table, il me répondit.

— Non, pas très bien.

— Mais pourquoi ?

— Il n'y a pas lieu de s'inquiéter, je ne dors jamais très bien la nuit et ce depuis longtemps, dit-il tout sourire. Qu'as-tu envie de faire aujourd'hui ?

— Me promener dans Kopali, répondis-je sans hésitation.

— Que dirais-tu de commencer par une baignade à la cascade ?

— Excellente idée, dis-je ravie.

Puis je me rappelai que je n'avais pas pensé à prendre de maillot de bain.

- Qu'y a-t-il ? demanda-t-il en me voyant froncer les sourcils.

- Je n'ai pas pris de maillot.

Il haussa les épaules.

— Moi, je n'en porte jamais, lâcha-t-il avec nonchalance.

L'ambiance se fit électrique, du moins à mon niveau car lui continuait de manger tranquillement pendant que mon esprit fusait à toute vitesse. Néanmoins, je trouvai assez rapidement la solution, mes sous-vêtements feraient l'affaire comme la dernière fois. Ouf ! Enfin, je repris le contrôle de ma respiration et envisageai la journée avec sérénité. Après le repas, je montai rapidement dans ma chambre. Cette fois-ci, j'avais pris soin d'emporter mon portable et j'en profitai pour téléphoner à Matty. Ceci afin d'honorer la promesse que je lui avais faite avant de partir. Lorsque je redescendis, Kindra m'accueillit dans le hall avec un panier de pique-nique.

— Monsieur m'avait demandé de vous préparer ceci pour ce midi.

Je la remerciai et lui demandai où le trouver. Je sortis de la maison, heureuse de la journée qui s'annonçait. J'aperçu Zina au loin, allongée sur la pelouse. Elle me vit à son tour et s'élança à ma rencontre. Regarder un fauve courir vers soi pour n'importe qui aurait été effrayant mais pas pour moi, du moins plus pour moi. En m'avoisinant, elle ralentit sa cadence et trottina jusqu'à moi, la tête baissée. Je m'approchai avec prudence et la caressai, sa fourrure était d'une douceur extrême. Je lui fis signe de la tête de me suivre sans trop y croire mais à ma grande surprise, elle obtempéra. C'est ainsi que je fis mon entrée aux écuries avec elle sur les talons. Ernest se retourna lorsqu'il m'entendit. Je levai légèrement le panier de repas pour qu'il comprît que j'avais le nécessaire et que j'étais prête à partir.

— Je m'étais dit que ce serait agréable de nous rendre à la cascade en chevauchée. Cewa est en train de nous seller les chevaux, dit-il avec un sourire radieux. Puis brusquement, il parut soucieux et me demanda :

— Tu montes à cheval ?

— Absolument pas, répondis-je le plus naturellement du monde.

— Je t'apprendrai si tu veux, d'autant plus que je suis persuadé que tu adoreras ça.

— Tu m'as l'air bien sûr de toi.

— Parfaitement, mais pour aujourd'hui j'ai une solution, dit-il en plissant les yeux.

— Laquelle ?

— Tu monteras avec moi.

— Je ne crois pas… tu es sûr ? Ce ne sera pas trop lourd pour le cheval ?

Il rit et s'avança vers moi, d'un geste tendre, il me toucha fugitivement la joue.

— Non, pas pour Bokane.

Il dit à Cewa de ne seller finalement que celui-ci.

Quelques instants plus tard, je vis le père de Djiantou venir à notre rencontre accompagné d'un magnifique alezan. Ce dernier avait plutôt l'air calme et de taille moyenne. Et puis avec la présence d'Ernest à mes côtés, la peur devrait m'oublier un moment. Il attrapa les rênes puis caressa le cheval.

— Tania, je te présente Bôkane. Vas-y tu peux le caresser, il n'est pas du genre craintif, me dit-il.

Je m'exécutai, ravie. Il me prit le panier de pique-nique des mains et le sangla à l'étalon, il fit de même avec la sacoche en cuir qu'il portait en bandoulière. Curieuse, je lui demandai ce qu'il y détenait.

— Tu verras, me dit-il avec un sourire mystérieux puis avec une certaine dextérité, il monta sur Bokane. Ensuite, il s'adressa à Zina, toujours près de moi.

— Tu ne viens pas avec nous, aujourd'hui tu gardes la maison. Le fauve baissa la tête d'un air dépité, puis à pas lents, s'éloigna vers la pelouse. Du haut de sa monture, le maître des lieux baissa ses yeux sur moi et me tendit la main.

— Viens, me dit-il simplement. Je m'approchai et il se pencha pour me saisir la taille avec aisance et m'installa devant lui.

— C'est assez confortable ? s'enquit-il.

— Oui, c'est parfait, m'entendis-je dire.

— Dans ce cas, c'est parti.

Nous sortîmes lentement de la propriété puis nous nous élançâmes à travers la clairière au galop et bientôt nous gagnâmes les étendues d'arbres de la forêt, le paysage y était brut mais accueillant. Il était clair qu'Ernest était un cavalier hors pair, la façon dont il dirigeait sa monture sur les sentiers abrupts était celle de la maîtrise. Je voulais profiter de ce moment car je savais que je ne le vivrais qu'une fois. L'air me fouettait le visage, cette sensation de liberté, de flotter dans les airs, j'adorais. Mais trop vite, nous arrivâmes à destination. Ernest mit Bokane au pas et j'entendis sa voix murmurer tout près de mon oreille.

— As-tu apprécié ?

— J'ai adoré ! m'écriai-je.

Il rit tout bas et je sentis son souffle me caresser le cou.

J'entendais déjà le bruit de la cascade, elle nous appelait. Bientôt, nous mîmes pied à terre et Ernest trouva un arbre pour attacher le cheval. Lorsqu'il eut fini, il vint à ma rencontre et se posta devant moi, puis me fixant du regard, me demanda :

— Alors ?
— Alors quoi ? dis-je en haussant un sourcil.
Il rit et sans me répondre, se dirigea vers l'eau tout en se déshabillant. La chemise d'abord, puis le jeans suivit. A ce moment-là, je détournai la tête gênée. Puis j'entendis :
— Tu fais quoi ? Je t'attends ! lança-t-il.
Je me retournai et vis qu'il était déjà dans l'eau, un large sourire aux lèvres. Alors seulement j'entrepris à mon tour de me déshabiller avec des gestes guindés. Heureusement pour moi, il décida de plonger. Même si je n'en étais pas certaine, je pris cela néanmoins, pour une marque de délicatesse. Je m'approchai de la berge et y entrai avec lenteur. Je me laissai flotter quand soudain, il jaillit à côté de moi. A son regard, je devinai qu'il préparait un mauvais coup. Alors je me mis à nager plus vite afin de lui échapper mais il me rattrapa en deux secondes et me coula. Je déployai toutes mes forces pour renverser la vapeur. Il se laissa faire sans lutter. Nous nous pourchassâmes ainsi jusqu'à ce que je commence à m'épuiser. Il le remarqua et me laissa tranquille. Alors je me mis sur le dos et me laissai à nouveau flotter. Lorsque je me rendis compte que j'étais seule dans l'eau, je nageai jusqu'à la rive. Ernest était allongé sur l'une des deux serviettes qu'il avait étendues sur l'herbe. C'était donc cela que contenait sa sacoche, il avait pensé à tout. Je souris. Il avait pris le temps d'enfiler son jean et était torse nu. Ce n'était pas la première fois que je le voyais ainsi mais en ce lieu confiné, cela éveilla en moi des sensations de possessivité qui m'étaient jusqu'à présent étrangères. Il me vit à son tour et se redressa sur un coude. Tant bien que mal, je mis un pied devant l'autre. J'imaginais sans difficulté l'image que je devais lui renvoyer. Il se leva et vint lentement à ma rencontre. Je m'arrêtai illico et il en fit de même. Nous nous dévisageâmes un instant, puis brusquement, il se

retourna et alla chercher la deuxième serviette. Il vint à nouveau vers moi sans hésitation cette fois-ci et se mit à me frictionner avec le drap de bain. Petit à petit, ses gestes se firent plus lents, plus doux. Nos regards se cherchèrent et s'accrochèrent. Nous étions arrivés au moment inéluctable de notre relation, nous savions tous deux que soit nous succombions à nos sens, soit nous nous séparions en enfouissant cette charge quelque part au fond de nous. Car il nous serait dorénavant impossible de coexister sans avoir trouvé une solution. Il n'était pas bon de refouler un désir qui nous taraudait les sens. La conséquence de cette continence, était que tout cela pouvait nous éclater à la figure sans crier gare ! Il prit mon visage entre ses mains laissant la serviette glisser au sol, puis lentement il se pencha et sa bouche s'empara fougueusement de la mienne. Toutes les parcelles de mon corps y répondirent avec entrain. Le temps me parut ne plus avoir de limites. Cela dura assez pour que ma chair s'enflammât au contact de la sienne. Nous venions de céder. Il n'y avait plus de barrages. N'y tenant plus, il me souleva dans ses bras et me ramena sur sa serviette. Il marqua un temps d'arrêt pour me regarder comme s'il quêtait ma permission. J'étais incapable de parler mais je l'encourageai d'un sourire complètement consentant. Avec douceur, il fit sauter les dernières entraves à l'union de nos deux corps et je fermai les yeux. Divin, c'était tout simplement divin.

Son visage était flou mais c'était bien elle, elle s'avança comme pour me confier quelque chose, les lèvres de Damée remuèrent et libérèrent ces paroles : ...*Cela fait partie de votre prise de conscience. Elle est indispensable pour que vous embrassiez votre destinée. Les disparitions évoquées tout à l'heure n'ont rien d'exceptionnels. Cela a toujours existé. Cependant vous êtes dans un pays où les croyances régissent la vie de la plupart des gens. Malheureusement, il demeure des personnes mal intentionnées qui détournent des rituels sacrés à des fins personnelles et viles. Ce sont ces personnes que vous devez chercher. Elles vous mèneront aux filles disparues si elles sont toujours vivantes, ce dont je doute.* Je me réveillai en sursaut et criai :

— Zakpa !

Des bras solides m'entourèrent immédiatement.

— Qu'y a-t-il ? me demanda Ernest.

Ce dont je venais de me rappeler était capital, comment avais-je pu faire abstraction de ces paroles ? Damée m'avait parlé des Zakpa. Voilà qui compliquait tout.

— Eh, parle-moi, dit-il en me prenant le menton pour que je le regarde dans les yeux.

— Non, ce n'est rien. Rendors-toi. Je me blottis contre lui mais il ne tomba pas dans ma supercherie.

— Tu ne me dis pas tout, dit-il calmement.

— Toi non plus, relevai-je.

Il se leva du lit et enfila son peignoir qui gisait par terre.

— Mais où vas-tu ? demandai-je surprise.

— Dans ma chambre, dit-il.

— Pourquoi ?

Il s'immobilisa et me toisa comme si j'étais une idiote.

— Tout cela ne signifie donc rien pour toi ?

Oh, nous étions arrivés à la conversation tant redoutée. Je ne pensais pas qu'elle allait surgir aussi vite.

— Pourquoi ne pas profiter du moment présent ? Lui dis-je.

— J'essaie, je t'assure que j'essaie mais là…

— Quoi ? dis-moi s'il te plaît.

— Tu n'as pas confiance en moi.

— Tu crois vraiment ce que tu dis ? J'émis un sourire sans joie.

— J'ai entendu ce que tu as dit lorsque tu t'es réveillée.

— Et alors ? Cela n'a aucun sens.

Il me regarda et j'eus l'impression de l'avoir terriblement déçue.

— Tu me mens ? demanda-t-il l'air grave.

Je perdais patience.

— Qu'est-ce qui t'arrive, tu veux un règlement compte à 4 heures du matin ?

Sa voix claqua dans le silence de la chambre, menaçante :

— Zakpa.

Aussitôt, je levai les yeux sur lui et vis un sourire amer transformer son visage.

— Oui, cela ne signifie rien pour toi mais tu réagis instinctivement lorsque je l'évoque. Comment as-tu eu connaissance de ce nom ?

J'abandonnai toute résistance.

— Tu les connais ? demandai-je alors pleine d'espoir.

— J'en ai entendu parler mais cela ne répond pas à ma question.

— Si je te le disais, tu ne me croirais pas.

Il s'approcha de moi et me prit par les épaules.

— Il s'agit de moi, aurais-tu oublié ma particularité ? Moi qui dis…

Il suspendit sa phrase et préféra me montrer. Alors il fit disparaître la moitié de son corps, puis se reconstitua.

— Je représente une énigme moi-même. Fais-moi confiance.

J'étais encore sous le coup de sa démonstration, je ne m'y

ferai jamais, c'était surréaliste. Mais peut-être que si je me confiais à lui, il en ferait de même et que je saurais enfin pourquoi cet homme restait toujours aussi mystérieux pour moi, à bien des égards.

8

Drame

Je lui racontai tout. Je lui parlai de cette femme étrange rencontrée dans la forêt. De l'après-midi que j'avais passé en sa compagnie et tous les pouvoirs dont elle avait usé devant moi. Il ne parut nullement surpris. Je devinai qu'il avait dû en voir d'autres.
— C'est elle qui m'a parlé des Zakpa, lorsque j'ai évoqué la disparition des filles. Je baissai la tête sur mon amulette et la caressai.
— Cette pierre vient de Damée, elle a un sens.
Ernest se releva, je le sentis fébrile.
— Elle te protège, acheva-t-il.
— Comment le sais-tu ?
— Quel autre sens veux-tu que je lui attribue, n'oublie pas que je l'ai vue à l'œuvre ce fameux soir que j'aimerais oublier.
— Oui, c'est vrai.
— Comment as-tu appelé la femme ?
— Damée.
Il ferma les yeux quelques secondes, puis répéta :

— Damée…
— Tu la connais ? l'interrogeai-je.
Il me regarda droit dans les yeux.
— Pourquoi t'intéresses-tu tant à cette affaire ? N'es-tu pas venue faire du tourisme ?
— Tu la connais oui ou non, insistai-je en souriant.
— Moi je ne plaisante pas, tu n'as pas l'air de te rendre compte que cela peut être dangereux.
— Cela ne changera rien à ma vie, depuis quelques temps déjà, je collectionne les tentatives d'assassinats et d'agressions diverses.
Il sourit malgré lui et secoua la tête.
— Tu es une vraie tête de mule, me dit-il.
— Il y a une chose que tu ignores, le soir de mon anniversaire, j'ai été brièvement agressée par quelqu'un en sortant de la maison.
Il fronça les sourcils.
— Brièvement ?
— Jay est arrivé à temps et l'a fait fuir.
— C'est qui Jay ?
— Un ami.
Ma réponse n'avait pas l'air de lui plaire.
— Un ami ? insista-t-il en penchant la tête de sorte à me regarder dans les yeux.
— Oui, un ami. En fait, il est beaucoup plus proche de Matty si tu vois ce que je veux dire. Serais-tu jaloux ?
Il haussa les épaules avec désinvolture.
— Est jaloux celui qui n'est pas sûr de lui.
— Tandis que toi tu l'es ?
Il me lança un regard légèrement incertain et m'envoya l'oreiller sur la tête.
J'éclatai de rire, enfin je voyais une fissure dans le roc.
Il reprit rapidement contenance.
— Donc Jay t'a sauvée et ?

— Disons que c'est à partir de ce moment-là que j'ai considéré les choses sous un angle différent, c'était devenu une affaire personnelle. D'autant plus qu'on avait appris ce soir-là la disparition de deux autres filles. Après les choses se sont enchaînées, entre autres la disparition d'Amy pendant deux jours.

— Je vois, dit Ernest en repoussant les cheveux de mon visage. Il approcha le sien et m'embrassa tendrement. Ensuite il recula légèrement et me dit d'une voix ferme :

— J'aimerais beaucoup que tu arrêtes cette enquête.

— Je ne crois pas que ça va être possible, répondis-je sur le même ton.

Il m'observa longuement et je devinai qu'il analysait la situation.

— D'accord, comme tu voudras mais je ne te quitterai pas d'une semelle.

— Une garde rapprochée rien que pour moi ?

— Oui et j'en sais un peu plus que toi sur le type que tu suivais l'autre jour.

Là je me redressai carrément intéressée.

— Ne me fais pas languir s'il te plaît.

— Tu te rappelles de cette conversation que nous avons eue concernant mes capacités dépassant celui du commun des mortels, et que je gardais égoïstement pour ma seule personne ?

— Je n'ai pas été jusque-là mais…

— J'avais parfaitement saisi où tu voulais en venir. J'ai mis Cewa sur le coup. Il a une certaine capacité à ressentir les gens. Il se trouve qu'il a filé ce type plusieurs jours sans qu'il ne s'en aperçoive. Et devine quoi ?

— C'est lui qui enlève les filles ! Je le savais !

— Je crois qu'on ne peut pas à proprement parler d'enlèvement car elles sont consentantes du moins au départ, dit-il énigmatique.

— Arrête le suspense s'il te plait.
— Ce type les conduit dans une maison où il les prostitue.
— Non !
—Si.
— C'est donc pour cela qu'il a relâché sa sœur, il ne pouvait pas se résoudre à la condamner à cette vie, dis-je.
— De quoi parles-tu ?
— Ce type est le frère d'Amy, selon elle c'est lui qui l'a enlevée. Donc si je comprends bien, les filles doivent toujours être en vie. Elles lui servent mieux vivantes que mortes.
— Attention, il n'était pas le seul sur les lieux. Cewa aurait aperçu deux autres hommes.
— Carrément ! Mais c'est une organisation.
— Tu comprends mieux pourquoi je souhaite que tu restes à l'écart ?
— D'après toi, ce sont eux les Zakpa ?
— Non, et d'ailleurs, oublie-les.
— Je n'en reviens pas de ce que tu as fait pour moi, jusqu'à impliquer Cewa.
Il me lança un regard particulier et me dit.
— De nous deux, je crois qu'il n'y a que toi qui ignores ce que je suis capable de faire pour toi.
Je passai ma jambe par-dessus son corps et me mis à califourchon sur lui. Immédiatement, il me saisit par les hanches et je pressai mes lèvres contre les siennes. Nous étions sur le point de nous abandonner lorsque la porte de ma chambre s'ouvrit avec douceur sur Djiantou. Gênée, je rabattis les draps sur nous. Je ne m'étais même pas rendue compte que le jour s'était levé.
— Désolée madame, je vous croyais seule, je reviendrai plus tard, dit-elle avec un grand sourire lorsqu'elle aperçut son maître dans mon lit. Contrairement à moi, elle n'avait pas l'air confus. Je sentis Ernest trembler de rire contenu

face à la situation. Lorsque la porte se referma sur elle, je fus happée sous les draps et plaquée contre un corps ferme.
— Où en étions-nous, susurra-t-il.

Encore une journée dans ce paradis terrestre avant de retrouver le tumulte de la ville. J'étais allongée sur la pelouse en compagnie de Zina. Ernest s'étant enfermé dans son laboratoire depuis une heure déjà ! Je brûlais de savoir ce qu'il y fabriquait. Le fauve se mit soudain debout en sautillant.

— Impossible de te contempler tranquillement. Zina est d'une indiscrétion, dit Ernest en apparaissant dans toute sa splendeur.

— Ce n'est pas du jeu, m'écriai-je.

— Peut-être mais te regarder à ton insu c'est la seule façon de te voir telle que tu es.

— Qui te dit que je n'avais pas deviné ta présence ?

— Je le sais c'est tout.

Il me tendit la main afin de m'aider à me relever, c'est l'heure du cours d'équitation.

— Déjà ? Je resterais bien allongée encore au soleil, en fait je resterais bien encore ici tout simplement.

Un large sourire éclaira le visage de mon hôte.

— Mais c'est toi qui décides, fais comme bon te semble, dit-il.

— Ah oui ? Eh bien j'y réfléchirai. Bon, je monte me changer et après je suis à toi.

— Retrouve-moi aux écuries.

— D'accord, dis-je en me dirigeant vers la maison en courant. Une fois arrivée dans ma chambre, j'ôtai rapidement ma jupe en jeans et enfila un pantalon du même tissu. Mon portable sonna, je m'approchai et constatai que Matty m'avait déjà appelée quatre fois. Je la rappelai aussitôt. Elle décrocha à la première sonnerie.

— Matty ?

— Tania, oh mon Dieu…

Je paniquai, il avait dû arriver quelque chose de grave.

— Que se passe-t-il ?

— Salomé…Salomé a disparu.

— Quoi ? Comment cela a pu se produire, elle n'était pas avec Amy ?

— C'est bien là le problème, Amy aussi est introuvable.

— Quand cela s'est-il produit ?

— Ce matin.

— Tu es sûre qu'elles ne sont pas en promenade quelque part ? A la plage peut-être.

— Ça fait déjà une heure qu'elles devaient me retrouver, nous sommes attendus chez la mère de Jay pour y déjeuner.

— Le portable d'Amy ?

— Je tombe sans cesse sur sa boîte vocale, me dit-elle anéantie.

J'avais une impression de déjà vu.

— Matty, écoute-moi s'il te plaît, garde ton calme. Je pars immédiatement même si je suis sûre qu'il n'y a rien de grave.

— Non, ce n'est pas la peine que tu rentres, profite de ton séjour.

— Ne t'inquiète pas, j'arrive.

Je raccrochai et rassemblai mes affaires en une vitesse record. Il fallait prévenir Ernest. Je m'élançai dans le long couloir et abordai ensuite les marches deux par deux. J'arrivai aux écuries, essoufflée.

— Ernest, il y'a un changement de programme.

— Comment ça ? Tu ne veux plus monter ? demanda-t-il moqueur.

— Non, pas du tout, je dois rentrer tout de suite.

— Je ne comprends pas, tout à l'heure, tu souhaitais rester plus longtemps.

— Il ne s'agit pas de moi mais de Matty. Salomé et Amy sont introuvables et elle s'inquiète beaucoup. Je ne veux pas la laisser seule.

— Je comprends parfaitement. Laisse-moi quelques minutes et on y va.

— Je suis désolée de…

Il me coupa avant que je ne finisse ma phrase.

— Tu n'as pas à l'être, ta réaction est tout à fait normale. C'est le contraire qui m'aurait étonné.

Trois heures plus tard, nous arrivâmes enfin. Je descendis de la voiture, la mort dans l'âme car je savais que la situation n'avait pas évolué. Durant le trajet du retour, j'avais appelé Matty toutes les heures à l'affût de bonnes nouvelles, et pour la réconforter dans le cas contraire. Avant de rentrer dans la maison, je me retournai vers l'homme qui avait changé ma vision des choses ces derniers temps et pas que dans un domaine. Il avait fait le tour du véhicule et se trouvait tout près de moi à présent.

— J'ai adoré mon séjour, vraiment… mais je ne veux pas que tu te méprennes, je ne vais pas rester ici indéfiniment…

Il posa un doigt sur mes lèvres. Il plongea ses yeux dans les miens et me dit calmement :

— Nous n'en sommes pas encore là. Si ?

Je bredouillai :

— Je… non.

— D'accord, va donc rejoindre ton amie, tu sais où me trouver.

Il s'empara de ma main et me fit un baisemain, puis me dit à nouveau :

— Va.

Sans m'inquiéter plus de lui, je poussai la porte de la maison. Deux heures passèrent. Jay et moi firent du mieux que nous pouvions pour calmer Matty. Mais c'était difficile. Il s'agissait de sa fille. Je ne pouvais me résoudre à attendre. Voir mon amie dans cet état me torturait. La seule façon de la rassurer était de lui ramener Salomé.

Décidée à agir, je la laissai en compagnie de Jay puis sortis de la maison. Je ne mis que dix minutes pour arriver à destination. Je rentrai sans frapper dans la maison. Toutes les portes étaient ouvertes. Une fois à l'intérieur, je criai :
— Ernest !
— Je suis là, me dit une voix dans mon dos.
— J'ai besoin de toi. Il faut que tu m'aides, dis-je.
— Tout ce que tu voudras. Je devine que les choses n'ont pas évolué chez toi.
— Exact, je ne peux pas rester les bras croisés. Il faut que je voie le frère d'Amy. Tu sais où je peux le trouver ?
Sans me répondre, il secoua négativement la tête.
— Je t'en supplie, il y a une fillette de sept ans dans l'histoire.
— Crois-moi, je suis désolé pour ton amie et je veux vous aider plus que tu ne penses mais je refuse de te laisser aller voir ce type, seule. Dis-moi ce que tu veux savoir et j'irai pour toi, proposa-t-il.
— Non, tu ne comprends pas…
— Non, c'est toi qui ne sembles pas comprendre, c'est dangereux. Tu ne penses tout de même pas qu'il est à l'origine de leur disparition ? Je t'ai expliqué ce qui se passait dans cette maison et tu me dis que la fillette a sept ans…
Il avait l'air horrifié en prononçant ces paroles.
— Non, non…Je veux juste lui parler. Amy est sa sœur, peut-être qu'il sait quelque chose. On ne doit négliger aucune piste.
— Je suis d'accord avec toi mais…
Je m'approchai de lui et pris son visage entre mes mains.
— Je t'en supplie, dis-moi où je peux le trouver. Tu n'auras qu'à me surveiller à distance, toi et moi savons que tu ne manques pas de ressources.
Il m'observa un instant comme s'il luttait contre lui-même.

De toute mon âme, je priai pour qu'il acquiesçât car je ne me voyais pas rentrer sans avoir quelque chose de nouveau à soumettre à Matty. Finalement, sa voix s'éleva ferme.

— Cewa m'a dit que le type en question avait l'habitude de traîner dans un maquis non loin de l'endroit où je vous ai rejoints l'autre jour. Tu connais ma condition ? demanda-t-il sérieux.

— Oui et je l'accepte mais dépêchons-nous.

Il n'hésita qu'un instant, puis il passa devant moi.

De l'extérieur, je l'aperçus. Je remuai légèrement les lèvres afin que personne d'autre ne remarquât que je parlais. En effet, à leurs yeux je ne pouvais que discuter seule.

— J'y vais, dis-je tout bas.

— Je te suis, me confirma Ernest.

Je rentrai dans le maquis et me dirigeai directement vers lui. Tournant la tête, il me reconnut immédiatement.

— Mais c'est toi…

— Il faut que je te parle, coupai-je sans préambule.

Il m'observa de la tête au pied, puis se rengorgea.

— En d'autres circonstances, j'aurais fait plus que te parler mais là, je n'ai pas le temps.

Sans le voir, je sentis l'humeur d'Ernest, il devait se faire violence pour ne pas apparaître, il avait dû se déplacer car je sentis un mouvement.

— Eh bien, tu vas le prendre le temps, dis-je calmement.

Il se leva brusquement et s'approcha de moi.

— Et pourquoi ?

— Pour Amy.

Je vis que j'avais capté son attention.

— Amy ? Qu'est-ce qu'elle vient faire là-dedans ?

— Je suis l'une de ses amies. Ta sœur a disparu.

Il hésitait à parler et je crus que c'était gagné mais il me tourna le dos et se rassit tranquillement. C'est à ce moment-là que je franchis les limites de ma patience. Je me penchai et approchai doucement ma bouche de ses oreilles.

— A toi de choisir, soit tu m'aides soit je déverse tout à la police sur ton gagne-pain.

Il se tourna lentement et me regarda avec incompréhension. Je lui envoyai un sourire éclatant.

— Alors, tu te décides ? Je n'ai pas tout mon temps.

Il se leva.

— Qu'est-ce que tu sais exactement ? demanda-t-il moins sûr de lui.

— Voyons voir, la maison, les femmes…énumérai-je à l'aide de mes doigts.

— Ok, c'est bon, pas ici, dit-il en se dirigeant vers la sortie.

Il se mit à marcher sans se soucier de savoir si je le suivais ou non mais cela ne dura pas. Il s'arrêta dans une impasse, loin des oreilles indiscrètes et me fit brusquement volte-face, le regard mauvais.

— Que veux-tu savoir sur Amy ? demanda-t-il

— C'est simple, où est-elle ?

Il me regarda énervé.

— Comment veux-tu que je le sache ?

Je me caressai le menton faisant mine d'être perdue dans mes réflexions.

— Hum, laisse-moi réfléchir, peut-être parce que la dernière fois qu'elle a disparu, tu y étais pour quelque chose ?

— Quoi ? C'est elle qui t'a dit ça ? Non mais c'est quoi ce plan ? Ecoute-moi bien, premièrement je ne sais pas qui tu es et deuxièmement, je ne suis pas obligé de te répondre. Mais pour en finir le plus vite possible avec toi car je sens que tu es une butée dans ton genre, je vais aller droit au but. Je ne sais pas où est Amy. On ne se parle plus depuis des années.

— Ok, je vois. Je sens que la police aura quelque chose à se mettre sous la dent bientôt.

Je fis mine de m'éloigner et il m'attrapa par le bras.

— Ne fais pas ça, dit-il

— Ce serait avec plaisir, si tu me disais où est ta sœur.

— Je ne sais pas ! Comment faut-il que je te le dise !

— Dans ce cas, je reformule, où peut-elle être à ton avis ?

Il me regarda comme si j'étais une folle qui s'acharnait sur lui. J'en étais à envisager qu'il ignorait vraiment où elle se trouvait quand j'entendis une voix à peine perceptible au creux de mon oreille.

— Il ne sait rien, laisse tomber.

— Bon, je veux bien te croire pour l'instant mais si tu as de ses nouvelles, préviens-moi, lui dis-je en lui laissant le numéro de mon portable.

— C'est ça, dit-il en me regardant partir.

9

Chasse

Ernest me ramena chez lui. Il m'installa dans le canapé et alla chercher deux verres et une bouteille d'alcool. Il nous servit puis me dit :
— Bois un peu, ça te fera du bien.
Je m'exécutai. Il avait raison, je fus parcourue d'une chaleur agréable qui m'apaisa.
— Il va falloir trouver une autre piste, lui dis-je.
Il me lança un regard indéchiffrable puis vida son verre d'un trait.
— Je vais mettre Cewa dessus, dit-il calmement
— Si j'ai bien compris, Cewa aussi a une particularité ?
Il hocha simplement la tête, je n'en tirerai rien de plus.
— Tu repars donc le voir ? demandai-je.
— Oui, dit-il.
— Il est temps que tu aies un portable, refaire la route à chaque fois, ce n'est pas très pratique.
— Je ne refais pas la route à chaque fois, dit-il.
— Comment ça ?
Il haussa les épaules.

— J'y vais c'est tout.

— Attends, tu te téléportes aussi ?

— En quelque sorte, dit-il en souriant devant ma béatitude.

— Dans ce cas, pourquoi sommes-nous allés en voiture ?

— Je ne peux pas faire ça avec toi, mais seul.

— Je vois. Tu crois que tu finiras par m'expliquer un jour, parce que j'essaie de me montrer patiente mais… et puis il me semble que notre relation a évolué ces derniers temps. J'aimerais savoir à qui j'ai affaire.

Il chercha mon regard. J'en étais comme hypnotisée.

— Tu le sais, non ?

Je réussis néanmoins à murmurer :

— Non, je ne le sais pas parce que tu ne me laisses pas entrer dans ton monde.

Il baissa les yeux.

— Mon monde comme tu dis, n'est qu'une infime partie de qui je suis réellement.

Il se leva, fit quelques pas puis s'arrêta. Sans se retourner, il me demanda :

— Tu seras là à mon retour ?

— Je ne sais pas, dis-je dans un souffle.

Il hocha la tête et s'évapora.

Restée seule, je sortis mon téléphone de mon sac et composai le numéro de Matty. Une voix d'homme me répondit.

— Jay ? C'est Tania

— Elle dort et toujours aucune nouvelle.

Je soupirai, désemparée, que dire ? Que faire ?

— J'en ai pour un moment, je ne sais pas quand je vais rentrer.

— Ne t'inquiète pas Tania, je reste auprès d'elle.

— Et toi Jay, est-ce que ça va ? demandai-je.

Salomé était certes la fille de Matty mais il ne la considérait pas moins comme la sienne.

— J'essaie de tenir bon pour nous deux, seulement je n'arrive pas à comprendre comment une telle chose a pu arriver, me dit-il.

— Je sais, dis-je pitoyablement.

Je raccrochai assez rapidement, les mots ne servant à rien. Ensuite, j'errai de pièce en pièce dans la maison. C'était la première fois que je m'y retrouvai sans Ernest. Il n'y avait rien à y voir, aucun effet personnel. C'était à des années-lumière de celle de Kopali. Je retournai donc dans le salon et m'allongeai sur le canapé. Je fermai les paupières en songeant à Tortola. Un peu plus tard, je me sentis transportée. J'ouvris les yeux et croisai son regard. Il était rentré. La fébrilité s'empara de moi. Si j'étais restée à l'attendre, c'était pour deux raisons, la première étant que je désirais rester avec lui. La seconde était Cewa. Il prit l'escalier pour rejoindre sa chambre et me déposa sur son lit. Il s'y assied.

— Ça va ? me demanda-t-il en me caressant le visage.

— Oui et toi ?

— Bien.

— Cewa ?

— Il me rejoindra plus tard.

— Tu l'as vu alors ?

— Oui, je l'ai vu. On va les retrouver, dit-il confiant.

— Je l'espère, dis-je.

— Tu restes ? demanda-t-il.

— Pourquoi pas ?

Il se leva et alla fermer la porte.

Kindra longea le long couloir et arriva dans la chambre, elle saisit immédiatement la situation. Il allait partir en ville, elle n'aimait pas ça mais en comprenait la nécessité. Elle s'approcha de son mari et posa une main sur son épaule. Il s'en empara et la pressa, puis il se retourna pour lui faire face. Kindra savait qu'il était inutile de prononcer un seul mot. Cewa savait, il savait toujours tout.

— Je serai prudent, dit-il lentement.

— Je n'en doute pas, admit-elle d'une voix chargée d'affection.

— Les enfants ? s'inquiéta-t-il.

Elle sourit en pensant que ces enfants-là, n'en étaient plus depuis bien longtemps. Il sourit aussi et répondit à sa propre question :

— Ils sont déjà couchés.

Il baisa le front de sa femme.

— Je ne tarde pas, dit-il.

L'instant d'après, Kindra se retrouva seule avec un nœud au ventre. Quelque chose ne tournait pas rond, elle le sentait et cela l'angoissait. Elle s'exhorta au calme et s'allongea sur le lit. Les choses devaient reprendre leur cours normal. Il était temps.

Je me réveillai et constatai que le soleil n'avait pas encore percé. Où était-il ? Je me rappelai m'être endormie dans ses bras. Repoussant la couverture, je me levai et sortis sur le palier. La maison semblait vide mais cela pouvait être un leurre, Ernest avait le don de se déplacer sans faire de bruit. J'allai poser un pied sur la première marche lorsque je vis Cewa à travers les lattes de la balustrade. Il était debout dans le couloir. Soudain Ernest apparut à ses côtés. Au lieu de poursuivre ma descente, je fis un pas en arrière afin de ne pas être vue.

— Ça fait longtemps que tu attends ? demanda Ernest à Cewa.

— Non, à peine deux minutes mais où étais-tu ?

— À Kopali.

Cewa secoua la tête.

— J'aurais dû le deviner. Quand vas-tu cesser de passer toutes tes nuits dans ce labo ? Cela ne sert à rien de te tuer à la tâche ; le jour où tu y arriveras enfin, tu ne pourras pas en profiter car tu seras mort d'épuisement.

— Au cas où tu n'aurais pas remarqué, je ne passe plus mes nuits, seul, dit Ernest.

— Raison de plus ! dit Cewa. Mais venons en au fait…

Sur ces paroles, ils quittèrent le couloir pour entrer dans le séjour. Je n'avais plus le choix, je devais descendre pour écouter. Je devais savoir ce qu'il avait trouvé. Heureusement, les marches de l'escalier étaient en pierre et ne risquaient donc pas de grincer. Une fois en bas, je me faufilai rapidement pour atteindre la pièce où ils s'étaient retirés. Bien cachée derrière la porte, je tendis les oreilles en me maudissant de mon comportement mais cela ne dura pas.

— C'est bien ce qu'on pensait, à la prochaine pleine lune, dit Cewa.

— Mais c'est dans…

— Deux jours, il va falloir faire vite.

Soudain Cewa dit avec conviction :

— Il y a quelqu'un…

J'entendis ses pas se diriger dans ma direction. Pas le temps de regagner l'étage, le seul choix s'offrant à moi, était de rester. Cewa sortit de la pièce, il fit un sourire poli en constatant ma présence.

— Bonsoir madame, dit-il.

Aussitôt Ernest se matérialisa à ses côtés.

— Je croyais que tu dormais ?

— Oui, je me suis réveillée, tu n'étais pas là…alors…

Il m'observa de haut en bas, je n'étais vêtue que d'un grand t-shirt que je lui avais emprunté. Son regard devint franchement désapprobateur.

— Remonte, j'arrive dans une minute, dit-il

J'acquiesçai et m'éclipsai rapidement.

Cela ne pouvait pas se terminer de cette façon, je devais en apprendre plus car ils avaient une piste. Arrivée en haut, j'attendis. Eux aussi, avaient attendu que je fusse à l'étage pour retourner dans le séjour. Alors, je descendis à nouveau l'escalier mais m'arrêtai à mi-chemin sur les marches. Enfin j'entendis à nouveau leurs voix.

— Pour cette nuit, c'est trop tard, on se retrouvera demain soir. C'est toujours au même endroit ? questionna Ernest.

Je t'en supplie précise ! pensai-je

— Oui, répondit Cewa.

Non ! refoulai-je dans ma gorge. Je tendis à nouveau l'oreille mais je ne perçus que le silence. Soudain Ernest fut à mes côtés, avec un sourire moqueur.

— Alors, on écoute aux portes ?

J'étais pétrifiée de honte.

— Non mais…

— Ne te justifie pas, je peux comprendre ; tu savais que Cewa était sur le coup.

— Alors ? Il sait où elles sont, n'est-ce pas ? demandai-je angoissée.

— Oui, il sait, dit-il calmement. Mais c'est compliqué, vraiment compliqué.

— Comment ça, il suffit qu'on aille les chercher. Je n'ai peur de personne.

— Je le sais ça, dit-il un mince sourire aux lèvres. Mais eux non plus, n'ont peur de personne et ils sont nombreux.

— Ce sont les Zakpa, n'est-ce pas ?

Il acquiesça.

Je m'assis sur la marche, ne pouvant plus supporter d'être debout. Je ne savais pas pourquoi mais ce nom résonnait à mes oreilles comme un mauvais présage. Ernest se posa à côté de moi et m'entoura les épaules de son bras.

— Damée avait raison, cette femme avait voulu me prévenir. Qui sont-ils Ernest ? Et que leur veulent-ils ?

— À l'origine, c'étaient des vaudouisants, rien d'extraordinaire mais le temps passant, leur culte s'est peu à peu transformé pour ne devenir qu'un simulacre de ce que cela avait été autrefois. Mais seulement pour quelques déviants. Ils se servent de ce qu'on appelle le *réveil* des novices, c'est un rituel destiné à rendre une nouvelle vie à des féticheuses tuées sept jours plus tôt par le Sakpata.

— Le Sakpata ?

— Oui, c'est le Dieu de la variole. Autrefois, il prenait ses martyrs au début de la saison des pluies, les solennités ne pouvaient donc se dérouler pendant la saison sèche. La petite vérole, cette maladie épouvantable, ne pouvait se répandre.

J'étais perplexe face à ce qu'il me contait.

-Ces gens ne sont-ils pas simplement morts de la variole sans qu'un dieu y ait mis son grain de sel ?

— Peu importe ce que tu crois, c'est ce qu'eux croient qui nous intéressent. Aujourd'hui les Zakpa se servent de cette croyance pour commettre ni plus ni moins des crimes, profitant ainsi de la crédulité et du désespoir des adeptes.

Sa voix était dure et si méprisante que je fus parcourue de frissons.

— Donc, ils les tuent ?

— Oui.

— Toutes les filles disparues… murmurai-je incapable de continuer.

— Oui, dit-il fermement.

Il saisit mon menton et tourna mon visage vers lui.

— On va les retrouver.

— Vous disiez avec Cewa qu'il ne restait plus que deux jours, articulai-je.

— C'est exact mais nous avons des atouts. On fera tout notre possible.

— Pourquoi deux jours ?

— Ce serait trop long à t'expliquer, il est tard.

Il éludait ma question.

— Je pourrais venir avec vous ?

— Pas question, dit-il d'une voix tranchante.

— Mais cela me concerne.

— Certes mais que crois-tu pouvoir faire contre ces gens ?

— Je ne sais pas mais…

— Il ne s'agit pas de ce petit voyou de proxénète, coupa-t-il. Il n'y a rien à ajouter, je m'occuperai de tout. Allons-nous coucher.

Je ne prononçai plus un mot et le suivis alors qu'en moi, grondait la révolte. C'est ce qu'on allait voir !

Ravagée ? Oui c'était le mot juste. Voilà à quoi ressemblait Matty. J'avançai vers elle après avoir marqué une pause sur le seuil de la pièce. Que lui dire ? Les mots me manquaient. J'allai m'asseoir à côté d'elle et l'étreignis. Elle y répondit de façon molle, vidée de ses forces. Je me reculai pour mieux l'observer, elle avait rassemblé ses dreadlocks en une queue de cheval, livrant ainsi un visage dénué d'expression.

— Où est Jay ? me hasardai-je.

— Sous la douche, répondit-elle.

J'évitai de lui demander si elle avait des nouvelles, les choses parlaient d'elles-mêmes.

— Je suis là Matty, je reste avec toi toute la journée, la rassurai-je.

Elle croisa mon regard et posa une main sur ma cuisse, en me souriant faiblement.

— Tania, il n'y a rien que tu puisses faire et je me rends compte que je suis moi-même dépourvue de solution. Je… je…

Sa voix mourut dans son sanglot. Je la pris dans mes bras et attendis que la crise passât. Lorsqu'elle se reprit, elle me dit d'une voix claire :

— Jay m'emmène chez sa mère, je vais y rester quelques temps, je ne supporte plus de rester ici sans ma fille. Tout dans cette maison me la rappelle. Tu sais ce qui me tue le plus ? C'est de me dire que le sort de Salomé est entre les mains de la police. La police ! Tu te rends compte !

Je comprenais parfaitement ce qu'elle sous-entendait. Autrement dit, c'était sans espoir. La fillette me manquait aussi terriblement. Je m'étais habituée à elle et la considérait comme un membre de ma famille à présent, tout comme sa mère. Lorsque je retournerai à Tortola, je laisserai une partie de moi dans ce pays ; je chérirai toujours le souvenir de ces personnes chères, et que je devrais revenir visiter.

Je tournai au coin de sa rue lorsque je le vis sortir de sa maison, à bord de sa voiture. Il tourna la tête de chaque côté de la rue avant de s'engager. Instinctivement, je me dissimulai à son regard. Mon esprit avait anticipé ce que je m'apprêtai à faire. Je me ruai sur le premier taxi. Lorsqu'il s'arrêta, je constatai qu'il y avait deux autres personnes à bord. Il était assez fréquent de partager sa course ici. Zut, je n'avais pas le temps d'en attendre un autre alors je sortis une liasse de billets de mon sac et le tendis vers les passagers.
— Si vous prenez un autre taxi, je vous paie la course.
Même s'ils me jetèrent des regards plus que soupçonneux, ils acceptèrent et sortirent assez rapidement de la voiture. J'avais fait tout cela sans quitter Ernest des yeux. Je me jetai enfin sur la banquette du véhicule et vociférai au chauffeur :
— Suivez la voiture noire là-devant.
Il se retourna vers moi, l'air inquiet.
— Je ne veux pas de problème, moi.
— Vous n'aurez pas de problème, c'est mon mari et je veux juste savoir où il va. S'il vous plaît, il s'éloigne.
— Je ne sais pas…
— Je vous paierai le double.
La voiture s'ébranla.
— Faites attention, il ne faut pas qu'il nous remarque.
— Je sais, j'ai déjà fait ça, me dit-il.
Je compris que je venais de me faire avoir avec son petit numéro mais peu m'importait. La filature avait commencé, j'étais excitée et effrayée à la fois. Nous le suivîmes lentement dans les petites rues et bientôt, nous débouchâmes sur un grand axe et nous prîmes de l'allure. Quelques instants plus tard, je constatai que nous sortions

de la ville. Où allait-il ? Pas à Kopali ? Il m'avait dit qu'il pouvait s'y rendre sans moyen de locomotion. Ma surprise s'accrût lorsqu'il quitta la route pour emprunter un chemin de terre et s'enfoncer dans les bois. Mon chauffeur plus téméraire que je le croyais, le suivit sans hésiter. À peine avions-nous été encerclés par les arbres que nous vîmes Ernest se garer. Nous nous arrêtâmes également, heureusement à bonne distance. Je payai mon homme et sortis de la voiture.

— Je vous attends ? me questionna-t-il.

— Non, ce n'est pas la peine, lui répondis-je. Je savais qu'en sortant des bois, je retrouverai assez facilement un autre taxi car nous n'étions pas si éloignés de la route. J'attendis qu'Ernest sortît de la voiture et me mis à nouveau à le suivre. Il n'avait fait que quelques pas lorsqu'il disparut sous mes yeux. Quelle poisse ! Je devais être prudente, il pouvait être n'importe où. Peut-être avait-il perçu ma présence ? Néanmoins, je suivis le seul chemin devant moi. Au bout d'environ dix minutes, j'étais prête à rebrousser chemin ne sachant où j'allais lorsque je le vis réapparaître un peu plus loin devant moi. Il quitta le chemin et coupa à travers bois. Je fis de même et m'insinuai au cœur des arbres avec lui. Lorsqu'il s'arrêta quelques instants plus tard, je devinai qu'il était en train de contempler quelque chose qu'il m'était impossible de voir en restant derrière lui. Alors je me mis à avancer silencieusement de façon à me positionner parallèlement à lui et à bonne distance. Enfin, je vis ce qui l'avait arrêté. Une immense propriété en contrebas, avec plusieurs dépendances, nichées dans une clairière. Apparemment, nombreux étaient ceux qui l'habitaient. Je me retournai vers Ernest et constatai qu'il avait à nouveau disparu. J'ignorais ce que je devais faire, alors j'attendis tout en observant les fenêtres du domaine devant moi. Un bruit me fit brusquement sursauter. Il m'avait repérée. Résignée, je me retournai pour faire face au visage que je devinais courroucé mais celui que je vis n'était pas celui d'Ernest et Dieu seul savait à quel point j'aurais voulu que ce fût lui.

10

Zakpa

L'homme me traînait à présent derrière lui. Après m'avoir secouée à plusieurs reprises avec violence, en espérant découvrir la raison de ma présence dans ce qui se trouvait être une propriété privée. Ses doigts s'enfoncèrent à chaque seconde de plus en plus profondément dans la chair de mon bras. De mon autre main libre, je tenais précieusement la gemme à cou qui avait viré au noir charbon depuis ma mauvaise rencontre. Il s'arrêta devant une solide et haute porte qu'il ouvrit. Je fus propulsée sauvagement dans une pièce sombre où mes yeux eurent du mal à s'adapter.

— Peut-être que cela te fera réfléchir, cracha-t-il.

— Je vous ai dit que je me promenais ! criai-je de toutes mes forces tandis que la porte claquait bruyamment me donnant l'impression d'être condamnée pour toujours. Je réalisai avec effroi que personne ne savait où je me trouvais même pas cet escroc de chauffeur de taxi qui m'avait laissée à dix minutes de la propriété. Un visage s'imposa à moi, celui d'Ernest. Mais je n'eus pas le temps de m'appesantir sur ma situation car j'entendis un bruit derrière mon dos, je n'étais pas seule.

Le long couloir menant à la salle des louanges était sombre et éclairé en permanence par des bougies enfoncées dans des chandeliers accrochés aux murs. Le prêtre émergea de celui-ci et entra dans la vaste pièce à deux niveaux, sa longue robe flottant autour de lui. Tous les regards convergèrent à son entrée. Il marqua un temps d'arrêt puis s'agenouilla à peine une seconde tout en baissant profondément la tête. Lorsqu'il se releva, il avança d'un pas certain vers l'homme qui se dressait fièrement au-dessus de lui sur l'estrade et baissa les yeux. Il était désolé d'interrompre la réunion matinale des ministres mais il le fallait.

— Il est urgent que je m'entretienne avec vous, maître.

L'homme se redressa sur son siège en bois et or massif dont le dossier semblait vouloir atteindre le plafond de par sa hauteur. Il tapa énergiquement des mains signifiant ainsi la fin de l'entretien. L'assemblée se dispersa et chacun manifesta une révérence au maître ainsi qu'au prêtre avant de sortir. Une fois seuls, le maître posa un regard glacial sur le prêtre.

— Qu'il y a-t-il ?

— Maître, nous avons de la visite.

— Une visite dis-tu ?

— Oui maître, une jeune femme.

Se levant de son trône, il descendit les quelques marches le séparant de son serviteur.

— Comment est-ce possible ? demanda le maître d'une voix calme mais sortant des ténèbres.

— Je l'ignore pour le moment mais j'ai pensé qu'il fallait que vous soyez mis au courant le plus rapidement possible.

— Jusqu'où s'est-elle aventurée ?

— Aux abords de la propriété.
— Elle n'a pas pénétré dans son enceinte ?
— Non, mais…
— Qui l'a trouvée et ramenée ?
— Le vigile Damias, répondit le prête.
Le maître fit les cent pas pendant ce qui parut une éternité à son serviteur alors que cela n'excéda pas trente secondes.
— Va me chercher Damias.
— Tout de suite maître, acquiesça le prêtre en baissant la tête, puis s'en fut. Au moment de passer la porte, la voix du maître s'éleva dans son dos :
— Et qu'il ramène la fille !

Je fouillai la pénombre et distinguai un corps allongé qui essayait de se redresser tant bien que mal. Je m'approchai. C'était une jeune femme au visage fatigué et dont le corps était mince, un peu trop à mon goût. Sa voix s'éleva dans un murmure.

— Tu as quel âge ?

Je fus surprise par la question. Etait-ce tout ce qui la préoccupait dans un endroit pareil semblable à un tombeau ?

— Ça va ? demandai-je au lieu de répondre à sa question.

Elle secoua la tête dans tous les sens.

— Quel âge ? insista-t-elle.

S'il n'y avait que ça pour la satisfaire…

— Vingt-sept ans, dis-je.

Elle fut subitement parcourue de spasmes et tremblait de la tête aux pieds, le souffle court. Elle était en train de faire une crise d'angoisse.

— Calme-toi, ça va aller. Respire calmement. Je posai une main compatissante sur son épaule.

Je l'aidai du mieux que je pus et peu à peu, elle retrouva son calme.

— C'est mon tour, je ne peux plus y échapper, dit-elle d'une voix singulièrement sereine à présent.

— Échapper à quoi ? demandai-je, déjà certaine de la réponse.

— À la mort, j'ai vingt-quatre ans, tu comprends ?

— Non, qu'est-ce que ton âge a à voir là-dedans ?

Elle se cala contre le mur.

— Tous les soirs, ils viennent chercher la plus jeune des filles. La dernière est partie hier et depuis je suis seule, je me savais condamnée. Et puis tu es arrivée et j'ai eu à nouveau de l'espoir au moins pour un sursis car je connais l'issue.

Je commençai à comprendre.

— Je m'appelle Tania et toi c'est ?

— Marissa, dit-elle avec un faible sourire.

— Depuis combien de temps es-tu là ?

— Je ne sais pas trop, j'ai perdu la notion du temps mais j'ai vu au moins une dizaine de filles passer par ici.

J'étais épouvantée par ce qu'elle me disait. À présent, je savais où je me trouvais. Chez les Zakpa.

— Dis-moi Marissa, comment es-tu arrivée ici ? Est-ce Brama qui t'as ramenée ?

— Brama ? Non, je ne connais pas. C'est une fille.

— Une fille ? dis-je surprise.

— Oui, j'ai eu le malheur de vouloir partager un taxi avec elle. Une fois dans la voiture, je me suis rendue compte que c'était un faux taxi et que le chauffeur était de mèche avec elle. Elle m'a donné un coup sur la tête, puis je me suis réveillée ici.

— Tu sauras la reconnaître ? demandai-je, pleine d'espoir.

— Pourquoi faire ? On ne sortira jamais d'ici, il vaut mieux se faire une raison tout de suite.

Ses propos n'étaient pas dénués de sens pour quelqu'un qui était apparemment là depuis des jours mais il était hors de question pour moi d'abandonner. D'après les propos d'Ernest et Cewa, c'était ce soir qu'ils comptaient intervenir, il restait un espoir. Et d'ailleurs Ernest, où était-il en ce moment ? Etait-il toujours dans les parages ou était-il reparti ? Malheureusement je ne pouvais rien faire d'autre qu'attendre. Mes pensées voguèrent vers Amy et Salomé. Je commençais à me dire qu'elles n'étaient pas là, sinon elles seraient forcément ici, dans cette même pièce. J'aurais presque préféré cela à l'ignorance totale. La porte s'ouvrit à la volée, Marissa poussa un cri.

— Toi là, viens par ici, dit le même homme qui m'avait jetée ici quelques instants plus tôt. Il me désignait. Je jetai un coup d'œil à la fille, elle avait fermé les yeux. Sans un mot, je sortis. L'homme me poussa d'une main dans le dos.

— Avance !

Ce que je ne devais pas faire assez vite à son goût car il me saisit le bras brutalement pour franchir la cour nous séparant d'un immense bâtiment. Nous traversâmes d'interminables couloirs pour enfin arriver à destination. Je me surprenais moi-même grâce au calme olympien que je dégageais. L'homme me poussa violemment au point de m'écrouler par terre, puis il s'agenouilla. C'est à ce moment-là que je vis un autre homme sur l'estrade, il se retourna pour me dévisager. Je fus automatiquement saisie de frissons sauvages. Il détourna les yeux et descendit de son podium avec une rapidité presque inhumaine. Il se campa devant l'homme qui se releva instantanément.

— Vigile ! Où as-tu appris à traiter une femme de la sorte !

Je vis avec plaisir mon bourreau se décomposer.

— Je vous demande pardon, maître, dit-il en baissant la tête de façon théâtrale.

Je le crus presque aux bords des larmes.

— Laisse-nous, dit le maître en esquissant un geste dédaigneux de la main.

Quant à moi, j'étais toujours à moitié couchée sur le sol. Lorsque je le vis s'approcher, je me pétrifiai. Nous nous jaugeâmes longuement. Il était extrêmement grand, la quarantaine environ, doté d'une peau ébène et d'un regard hypnotisant qui vous tenait sous son contrôle. Il portait un deux pièces composé d'un pantalon près du corps d'un blanc brillant et d'une tunique fendue de chaque côté à manches longues de la même couleur, qui lui arrivait aux pieds. Son regard sombre s'adoucit imperceptiblement lorsqu'il me tendit la main. J'hésitai un peu trop longtemps à son goût car il retira son aide brusquement et se dirigea vers son trône pour s'y asseoir.

— Lève-toi ! tonna-t-il.
Je m'exécutai mais restai sur place. Il se cala dans son fauteuil et me fit signe de la main.
— Approche.
Il désigna l'immense divan oriental non loin de lui, mais je n'y pris pas place. Je préférai rester debout pour voir les coups venir. Il claqua des mains et une femme émergea du rideau derrière lui, ne portant pour tout vêtement qu'un pagne enroulé autour de la poitrine qui lui arrivait à mi-mollet ainsi qu'une coiffe du même tissu. Elle se courba devant lui.
— Apporte-nous à boire, lui dit-il sans me quitter des yeux.
— Tout de suite, maître.
Elle s'éclipsa.
— Que fais-tu ici ? me demanda-t-il d'une voix sèche.
— Je me promène, répondis-je avec toute la conviction dont j'étais capable.
— Ah oui ?
— Oui.
— Comment t'appelles-tu ?
Pour une raison que j'ignorais, je répugnais à le lui dire. Je me sentais violée par le regard de cet homme que je sentais malsain au plus haut point et pourtant…
— Tania, dis-je d'une voix éteinte.
— Tania, dit-il pensif.
— Je souhaiterais rentrer chez moi maintenant, me hasardai-je.
Son regard devint encore plus sombre mais c'est d'une voix mielleuse qu'il ajouta :
—À présent, tu es mon invitée.
— Je vous remercie beaucoup mais je suis attendue, je dois retourner dans mon pays, dis-je en essayant de contenir mon angoisse.
— Je suppose que tu n'es pas à une journée près.

La jeune femme revint avec un plateau chargé de boissons ; elle nous servit puis laissa le tout sur un guéridon près du maître.

— Je n'ai pas soif, dis-je aussitôt.

— Dans ce cas, la wavinie va vous montrer votre chambre, dit-il.

Ma chambre ? Il prononça quelques mots à l'adresse de la jeune femme dans une langue qui m'était inconnue puis celle-ci se retourna vers moi.

— Je vous en prie, dit-elle en baissant la tête devant moi. Si vous voulez bien me suivre. Avais-je le choix ? Elle m'escorta dans les couloirs du *palais* car je ne voyais pas d'autre mot plus approprié. Je rencontrais plusieurs femmes sur le trajet qui me toisèrent avec curiosité. Enfin nous arrivâmes dans ce qui devait être ma chambre. Une petite pièce pourvue d'un lit une place à l'air plutôt confortable, un tapis coloré au sol et une fenêtre avec des barreaux. Sans un mot, elle me laissa seule et ferma la porte. Cette pièce n'était qu'une prison dorée face à la geôle dans laquelle croupissait Marissa. Une illusion de plus car nos sorts étaient sans aucun doute semblables, seuls les chemins pour y arriver, divergeaient.

Dans la salle des louanges, le maître avait fait appeler tous les prêtres pour un conseil improvisé. Ils étaient au nombre de quatre, tous assis sur le divan, le regard tourné vers leur Dieu sur terre. Ce dernier s'était levé et faisait les cent pas.

— Comme vous le savez mes chers, demain soir, aura lieu le dernier sacrifice envers notre divinité suprême, Zakpa. Cela marquera aussi ma renaissance encore pour quelques années. Il est clair que tout est fin prêt pour la cérémonie finale de demain soir. Néanmoins, la journée d'aujourd'hui ne s'éteindra pas sans surprise. Surprise qui se trouve actuellement dans une des chambres du harem. Il marqua une pause et une voix en profita pour s'élever.

— Avec votre permission maître, pourquoi au harem ?

— Parce que je compte en faire ma huitième épouse.

Un murmure s'éleva chez les prêtres puis s'ensuivit une conversation des plus bruyantes. Le maître les maudissait d'avoir à leur demander leur avis pour les décisions importantes, ce qui le démunissait des pleins pouvoirs. Toujours traiter avec ses vieux prêtres l'agaçait prodigieusement. Il leva la main pour les faire taire.

— Nous avons le compte de sacrifiées et vous conviendrez que je ne peux pas la laisser partir. Trop de fois, nous avons été menacés et trop de fois, nous avons frôlé la catastrophe. Je ne permettrai pas que nos projets d'honorer notre divin Zakpa soient à nouveau inquiétés. Je n'ai pas d'autres choix.

— Nous comprenons votre décision seigneur mais Efrène…

— Je n'ai que faire des manigances d'Efrène !

— Il en sera fait selon votre désir, dirent les prêtres en chœur, puis ils s'inclinèrent profondément avant de disparaître. Resté seul, le maître qui avait eu gain de cause, était quelque peu troublé par une inquiétude nouvelle. Pourtant ne devrait-il pas se réjouir ?

Après avoir fait des aller-retours du lit à la fenêtre aux barreaux, je m'étais résignée. Une heure déjà que j'étais assise sur le lit sans bouger. Je commençais à fourmiller d'impatience. Je me levai et tournai la poignée de la porte que je savais non verrouillée car la wavinie s'était seulement contentée de la claquer en partant. Cela ne faisait que me démontrer que j'étais prisonnière dans une forteresse inviolable. En essayant de m'échapper, je serai tôt ou tard cueillie quelque part. Je mis le pied dans le couloir et débutai mon excursion. Il était muni de plusieurs portes comme celle de ma chambre. Certaines étaient ouvertes et je pouvais apercevoir l'intérieur semblable au mien. Toutes ces pièces, occupées par des femmes. J'étais presque arrivée au bout du couloir lorsque j'entendis mon prénom. Je m'arrêtai instantanément sous le choc. Ce n'était pas le fait d'avoir entendu mon nom mais plutôt la voix qui l'avait prononcé. Je me retournai le cœur lourd d'un mélange d'espoir et de chagrin. Ma petite baroudeuse se tenait là devant l'encadrement de la porte. Je me jetai à genou devant elle.

— Oh ma chérie, tu vas bien ?

Salomé me regardait avec un grand sourire.

— Oui, je suis contente de te voir mais je ne savais pas que tu allais venir.

— Oui ce n'était pas prévu mais me voilà, dis-je en essayant de ne pas la paniquer. Elle avait l'air de croire que tout cela était normal. Mais que faire à présent ? Il fallait la sortir de là.

— Écoute-moi, il faut que…

— Il faut que quoi ? résonna une voix dans mon dos.

Je me relevai lentement prête à être déçue par la nouvelle arrivante.

— Amy ! m'exclamai-je.

— On m'avait parlée d'une intruse mais j'étais loin d'imaginer que c'était toi.

Je n'en croyais pas mes oreilles.

— Une intruse ? Moi ? Ton amie ? répliquai-je.

Elle soupira.

— Pourquoi n'es-tu pas restée tranquillement chez Matty ?

— Tiens parlons-en de Matty. Sais-tu dans quel état elle est ? Mais enfin qu'est-ce qui t'a pris ?

— Tu ne peux pas comprendre. Tu ne viens pas d'ici, me dit-elle.

— Je n'ai pas besoin d'être d'ici pour savoir qu'on ne subtilise pas un enfant à sa mère, dis-je à voix basse pour que Salomé qui était retournée dans la chambre, ne puisse pas entendre.

Elle baissa la tête, je savais qu'au fond d'elle c'était quelqu'un de bien. Il y avait une sinistre raison derrière tout cela.

— Il faut que tu la ramènes à sa mère, Amy.

Elle secoua la tête.

— Mais tu ne comprends donc rien. Il est trop tard, demain soir elle sera sacrifiée.

— Quoi ? Ai-je bien entendu ?

— Demain soir marquera la fin du cycle des sacrifices pour honorer Zakpa et Salomé sera la dernière.

— Mais pourquoi elle ?

— Parce qu'elle est jeune. Notre Dieu a besoin d'une âme pure pour se régénérer, me dit-elle avec passion.

— Pourquoi fais-tu ça ? Que t'ont-ils promis ?

— Je veux devenir féticheuse, dit-elle fièrement.

— Et cela nécessite de flouer les personnes qui ont placé en toi leur confiance ? Je n'arrive pas y croire, Amy. Et Matty ? As-tu pensé à elle ? Elle est complètement anéantie.

— Je n'avais pas le choix, il fallait que je prouve ma motivation pour être prise au sérieux par Férone.

— Férone ?

— Oui, le maître.

Les propos de Marissa me revinrent en mémoire et je compris à ce moment-là que c'était pire que ce que je croyais.

— C'est lui qui t'a demandé de ramener les filles ?

— Oui, mais nous étions plusieurs, deux autres wavinies étaient aussi de la partie.

— Je vois, dis-je à court de mots tant j'étais dépassée par ce que j'entendais.

— Tu n'aurais pas dû venir ici Tania, c'était une erreur, me dit-elle.

— Ah oui ? Vraiment ?

— Que se passe-t-il ici, wavinie ? dit soudain une voix forte et sèche.

Amy se retourna vivement et se prosterna devant la femme qui venait d'arriver. Elle était grande et mince ; sa robe en pagne qui lui arrivait jusqu'aux pieds, moulait étroitement son corps et c'était certainement grâce à cela qu'il lui restait assez de tissu pour ramasser ses lourds rastas au-dessus de son crâne.

— Rien maîtresse, nous discutions.

— Elle me dévisagea d'un regard noir et questionna :

— Qui es-tu ?

— Tania, répondis-je.

— C'est donc toi celle qui met Férone dans tous ses états, dit-elle. Elle m'observa de la tête au pied, puis parti d'un rire qui m'aurait vexée si je n'avais pas en tête des soucis plus importants. Sur ce, elle s'éloigna dans une démarche chaloupée.

— Qui c'est celle-là ?

— C'est Efrène, la femme de Férone, du moins sa préférée, me répondit Amy.

— En d'autres termes, le roi et la reine. Mais c'est quoi ce simulacre ? C'est un monde à part ? Un état dans un état ?

— Oui c'est un monde à part et tu n'aurais jamais dû y mettre les pieds.

— Laisse-moi partir avec Salomé, je t'en supplie Amy. Fais-le pour elle.

— C'est trop tard.

Je la scrutai longuement puis mon regard glissa sur la petite fille, si innocente. Je me demandais ce qu'Amy lui avait fait gober pour qu'elle restât aussi sereine. Elle pensait sans doute retourner bientôt chez elle, auprès de sa mère. Mon cœur se serra. Sans un mot, je les quittai, préférant regagner ma chambre pour le moment. Je me retournai une dernière fois sur le seuil avant d'y entrer et je vis Salomé en train de me regarder.

En fin d'après-midi, une wavinie vint me chercher pour m'emmener dans la salle de bain la plus gigantesque que je n'avais jamais vue. Plusieurs femmes étaient agglutinées dans un bassin fumant et se savonnaient le corps. Super ! Il ne manquait plus que cela, un mausolée pour l'hygiène ! Une femme se précipita sur moi et me prenant par la main, me traîna dans un coin.

Elle étudia mon jean et le haut vaporeux qui tombait dessus, puis me lança :

— Quitte-ça toute de suite.

— Quoi ?

— Il paraît que le maître te veut à sa table ce soir ; un bain ne te fera pas de mal, dépêchons !

Sur ce, elle se mit à me déshabiller avec rudesse.

— C'est bon, je peux encore le faire seule, merci ! balançai-je, énervée par tous les regards posés sur moi. Néanmoins faisant abstraction de toutes ces personnes qui ne signifiaient rien pour moi, je me défis de mes vêtements, puis d'un pas décidé, j'entrai dans le bain sous le regard consterné de la matrone.

Une heure plus tard, j'étais accoutrée d'une robe longue blanche en voile dont la coupe était semblable à celle portée par Efrène quelques heures plus tôt, et les cheveux relevés en chignon. Je commençai à comprendre ce que me voulait Férone, il ne pouvait pas se permettre de me libérer et apparemment il ne voulait pas non plus me tuer, donc…

Oh Ernest, je compte sur toi, priai-je tandis que la porte de ma chambre s'ouvrait sur la wavinie qui m'avait accompagnée ce matin. Elle m'escorta jusqu'à la salle où se trouvait le maître et ses ministres ainsi que leurs femmes. A mon arrivée, les hommes se levèrent tandis que les femmes m'observèrent avec curiosité. Seul un regard divergeait du lot par son animosité, celui d'Efrène assise à côté de Férone. Je remarquai qu'Amy n'était pas conviée à ce repas, comme toutes les autres wavinies d'ailleurs. Je sentais des prunelles peser sur moi, c'était celles de Férone. Profondes et indéchiffrables. Il était beau et charismatique, des atouts nécessaires pour lobotomiser toute cette communauté qui l'entourait. Lorsque les plats furent servis, je contemplai mon assiette, indécise. Il m'était impossible d'avaler quoi que ce soit. Férone se lança dans une grande discussion avec ses ministres dans une langue qui m'était complètement étrangère. Une chose était au moins positive dans cette saynète, le dîner ne dura pas. Un gong venant de l'extérieur se fit entendre. Le maître se leva.

— L'heure approche, dit-il d'un ton extrêmement calme. Tout le monde se dispersa rapidement. Je restai là, ne sachant que faire. M'avait-on oubliée ? Puis j'entendis des tambours s'élever dehors. Je m'approchai d'une fenêtre et vis ce qui se tramait. Si Salomé n'était pas destinée au sacrifice de ce soir, il ne restait plus qu'une seule personne. Marissa ! Il fallait la sauver, il était temps d'agir. Je me dirigeai vers le couloir mais impossible de me dépêcher avec cette fichue robe qui me compressait les cuisses l'une contre l'autre. Je m'arrêtai irritée puis d'une main experte, je fendis le tissu sur le côté. Enfin libre mais il n'était pas question non plus de piquer un sprint. J'ignorais qui j'allais croiser sur mon chemin. Je réussis pourtant à me rendre dehors sans encombre, puis rasant les murs, j'essayai d'atteindre la geôle où se trouvait Marissa. Le tapage de la musique ainsi que la pénombre qui m'enveloppait, rendaient mes dans lequel j'avais été jetée quelques heures plus tôt. La porte était grande ouverte, la pièce vide. L'angoisse me saisit. Soudain, la musique cessa et j'entendis des murmures lugubres s'élever, puis une voix prononça « *Ban pu ja !* » Je tournai les talons et me lançai dans une course folle. Je ne fis aucun cas du déchirement de ma robe qui se fit entendre prolongeant la fente que j'avais moi-même réalisée quelques instants plus tôt. Bientôt, je vis la foule. La musique avait repris mais personne ne bougeait. Ils avaient tous l'air en attente, les regards tournés dans la même direction. Que ce soit les prêtres, les adeptes ou les féticheuses. Je tournai la tête aussi et vis à mon tour ce qui les accaparait. Deux hommes portant une espèce de civière, avançaient d'une démarche désespérément lente quand brusquement, une main me bâillonna la bouche.

— Avance, me dit la voix. Je reconnus sans peine mon bourreau. Il me traîna avec rudesse au centre de l'arène pour m'amener devant un Férone plus furieux que jamais. Il ordonna de la main, la suspension de la cérémonie. Les hommes déposèrent la civière par terre et je pus voir sans surprise le visage de la jeune femme qui y était allongée.

— Que veut dire ceci vigile Damias ? tonna Férone.

Je surpris le sourire satisfait d'Efrène.

— Elle voulait s'échapper, dit le vigile.

Des murmures parcoururent l'assistance.

— C'est faux, criai-je. Je ne faisais que regarder la cérémonie de loin.

Le regard de Férone passa du mien à celui du vigile. Lorsqu'il le reposa sur moi, il était sans équivoque. Je le vis avec horreur détailler ma robe en lambeaux et je baissai la tête, couverte de honte.

— C'est ça que tu veux pour épouse ? lui susurra une voix venimeuse.

— Tais-toi, Efrène, lui intima-t-il. Il avança vers moi de façon inattendue et me tendit la main. Cette fois-ci, je n'hésitai pas et posai la mienne dans la sienne. Il me fit asseoir à côté de lui sous le regard haineux de sa femme qui cracha à mes pieds. Férone se tourna vers le vigile et lui asséna :

— Ne t'avise plus jamais de porter la main sur cette femme, agenouille-toi devant elle. Devant l'hésitation du vigile, il explosa :

— Immédiatement !

Damias s'exécuta et je lui lançai mon plus beau sourire. Je balayai l'assistance du regard et vis la consternation sur les visages des quatre hommes enturbannés. Il était clair que les prêtres n'approuvaient pas leur maître. Ce dernier prononça quelques mots puis la cérémonie reprit son cours. Cependant, il se baissa à mon oreille et siffla :

— Si tu essaies de t'enfuir de nouveau, je te tuerai de mes propres mains.

Ce n'était pas parce que le maître refusait qu'on me fît le moindre mal que j'en étais à l'abri pour autant car le vrai mal c'était lui. C'est à ce moment que je compris que j'étais condamnée tout comme Marissa, je ne pouvais plus rien pour elle. J'étais encerclée, persuadée que ma propre mort n'allait pas tarder. Efrène devait l'avoir déjà planifiée. Un des prêtres se leva et entonna une mélopée. Lorsqu'il eut fini, je vis le cœur lourd, Férone avancer dans sa longue tunique noire devant le corps inerte de Marissa et la prendre dans ses bras pour la soulever et dire :

— Djéwu ! apé o dono é yè !

Il la posa ensuite sur une table en bois au centre de la foule qui s'agenouilla dans son intégralité. Je vis Efrène en faire autant, je l'imitai et fermai les yeux, je ne voulais pas être témoin de la folie de ces gens. Quelques instants plus tard, une brise chaude me caressa le cou, j'y passai machinalement la main et ouvris les yeux puis j'entendis :

— Chut… doucement, ne fais rien qui puisse trahir ma présence.

Ernest ! Il était là tout près de moi. J'avais envie de lui dire mille choses mais m'abstins et m'efforçai de garder mon calme.

— Ne bouge surtout pas, Cewa s'occupe de tout. Dès que je te donnerai le signal, tu courras vers la sortie, je serai près de toi, chuchota-t-il. Le temps me paraissait s'étendre vers l'infini. Férone, les deux bras levés au ciel, débitait des paroles incompréhensibles à mes oreilles. Je me demandais où se trouvait Cewa lorsque je constatai le phénomène étrange qui débuta sous mes yeux. Abasourdie, je vis les adeptes les uns après les autres s'allonger sur le sol. Mon étonnement arriva à son comble lorsque je vis Efrène en faire de même. Cela faisait-il partie du rituel ? Devrais-je en faire autant ? Il semblait que mon corps tendait à vouloir s'allonger également mais une main me bouscula brusquement.

— Non… pas toi, c'est le moment, cours !

J'étais encore trop molle pour obtempérer mais je sentis Ernest me secouer à nouveau.

— Cours Tania, nous avons très peu de temps.

C'était la décharge nécessaire qu'il me fallait, je me lançai en direction du bâtiment au lieu de la sortie comme convenu. Je le sentis sur mes talons.

— Qu'est-ce que tu fais ? questionna-t-il.

— Salomé, elle est à l'intérieur.

— Vas-y, je te couvre, dit-il.

Je courais à perdre haleine dans les couloirs du *palais* jusqu'à la chambre de Salomé mais elle ne s'y trouvait pas.

— Merde !

— Quoi ? Qu'est-ce qu'il y a ?

— Elle était là tout à l'heure ! criai-je à Ernest en me prenant la tête entre les mains.

— Il faut qu'on se dépêche, Cewa ne les retiendra pas longtemps.

— Il faut que je réfléchisse ! Vite… vite !

Je tournai sur moi-même plusieurs fois et Ernest m'apparut.

— Garde ton calme, dit-il.

Je croisai son regard, il était grave mais je pus à nouveau réfléchir tranquillement et une idée germa.

— Oui ! Pourvu que j'aie vu juste ! M'écriai-je en m'élança à nouveau dans le couloir jusqu'à *ma* chambre. Elle était là, assise sur mon lit. Elle m'envoya un sourire qui me bouleversa. Je m'approchai d'elle et la pris dans mes bras.

— Il est temps de rentrer à la maison, lui dis-je.

— On n'attend pas Amy ? demanda-t-elle.

— Non, elle nous rejoindra plus tard.

Ernest me la prit des bras et nous nous mîmes à courir. L'enjeu était de taille, nous nous enfuyions avec l'ultime sacrifice, la tâche n'allait pas être facile. Nous déboulâmes dans la cour, les sens aux aguets. À première vue, personne. Ernest me désigna la sortie de la propriété tout en me rendant Salomé.

— Je vais prévenir Cewa, dit-il.

— On t'attend.

— Non partez, la voiture se trouve à quelques mètres d'ici. Tu te rappelles de ma voiture, non ?

— Ok, mais faites vite.

— Je suis là, dit Cewa qui se matérialisa devant nous. Il faut partir, je n'ai pas réussi à endormir leur chef, il ne doit pas être complètement humain. Et puis les autres vont bientôt se réveiller.

Nous nous mîmes à courir lorsque la voix cinglante de Férone nous transperça.

— Je vous conseille de vous arrêter !

Ernest et Cewa lui firent face immédiatement, nous repoussant Salomé et moi derrière eux. Il n'était pas seul, mais accompagné de trois vigiles dont Damias. Ce mufle toujours si arrogant et zélé, c'était à se demander qui était le chef. Une seconde plus tard, mes deux acolytes disparaissaient sous mes yeux tandis que mes ennemis s'affolaient. Les vigiles tombèrent à terre, inertes mais pas Férone. Pourquoi ? Cewa venait de dire qu'il n'était pas complètement humain. Alors qu'était-il ? Il avança directement sur moi, je me doutais de ce qu'il voulait, Salomé mais il n'en était pas question. Ernest s'interposa entre nous en chair et en os, animant la colère de Férone. S'ensuivit un combat à mains nues entre les deux hommes de force égale. Salomé commençait à s'agiter. Un regard et je vis l'incompréhension de la gamine. Elle venait sans doute de se rendre compte que ce qu'Amy avait dû lui raconter n'était que mensonges. Je n'avais pas le temps de lui expliquer la situation, ce qui importait pour le moment, était de la ramener saine et sauve à sa mère.

— Ça va aller ma chérie, ferme les yeux. On sera bientôt à la maison.

— Cewa, va chercher la voiture, lui cria Ernest.

En effet, il en avait fini avec les chiens de garde et il pouvait se rendre au véhicule instantanément. Le ramener nous ferait gagner du temps. Je n'osai imaginer si la foule venait à nous encercler. Je vis avec effroi Ernest tomber à terre mais il se releva immédiatement. Il se battait à la loyale, il pouvait disparaître à tout moment pour éviter les coups de ce prétendu Dieu mais s'en abstenait. Déjà ce diablotin de Damias se relevait, bien sûr il n'était plus sous l'emprise de Cewa. Il parut désorienté à peine quelques secondes, puis son regard croisa le mien et j'y lus tout le mépris qu'il disposait à mon égard. Il se jeta sur moi en voulant attraper Salomé. Je répliquai avec force en lui envoyant un coup de pied dans le tibia. Il jura et revint à la charge en tirant le bras de la fillette.

— Mais ça ne va pas, imbécile ? lui criai-je. Tu veux la démembrer ou quoi ?

Pour toute réponse, il m'envoya une violente gifle en plein visage, ce qui me déstabilisa et lui permit de me prendre

Salomé. Elle était en pleurs et criait mon nom. Il commençait déjà à s'enfuir avec elle, je le talonnai. Efrène arriva à la rencontre de Damias tandis que les autres vigiles se réveillaient. Je zigzaguai entre eux, ne voulant pas me faire attraper. Un bruit sourd se fit entendre derrière moi. La voiture défonça le portail avec fracas et roulait à vive allure dans notre direction, ce qui au lieu de nous disperser, nous figèrent tous un instant. Elle s'arrêta néanmoins brusquement devant nous, Cewa en sortit.

— Donne-la-moi, hurla Efrène au vigile Damias. Il obtempéra. Ce fut la dernière chose que mes yeux virent avant de se fermer.

La légèreté de mes paupières m'indiqua que je ne revenais pas d'un long sommeil. Je les ouvrai et constatai que j'étais dans la voiture d'Ernest avec Cewa au volant. Salomé était allongée à l'arrière tandis que j'étais assise côté passager. Une fraction de seconde me suffit pour me remettre dans la situation.

— Où est-il ? demandai-je affolée à Cewa.

— Il va nous rejoindre bientôt. Je suis désolé de vous avoir endormie, je n'avais pas le choix, il fallait faire vite et vous étiez dans mon champ de vision. Ce qui n'aurait pas été le cas si vous étiez restée derrière moi.

— Je sais, vous n'avez pas besoin de vous excuser et c'est grâce à vous si nous sommes sauves. Que s'est-il passé après ?

Cewa avait l'air gêné. Ce qui m'alarma.

— S'il vous plaît, je me fais du souci pour Ernest.

— Vous n'avez pas à vous inquiéter, il s'en sortira.

— Il s'en sortira ? Qu'est-ce que ça veut dire ? Il se bat tout seul contre ces dingues ? Faites demi-tour.

— Non, je ne peux pas.

— Pourquoi ? Il a besoin de vous.

— Vous aussi avez besoin de moi. Il ne me pardonnera jamais de retourner là-bas.

Salomé gémit.

— Tout va bien ma chérie, nous rentrons à la maison.

Cewa et moi échangions un regard entendu. Impossible de retourner là-bas avec la fillette. Après tout, Ernest était capable de se débrouiller seul, il n'était pas démuni de ressources.

— Il est là, dit Cewa en arrêtant brusquement le véhicule. Il éclaira la route de ses pleins phares et nous vîmes Ernest debout devant nous, il embarqua à l'arrière à côté de Salomé et nous repartîmes. La joie qui m'envahit à cet instant était indescriptible. Il prit la petite dans ses bras et lui chuchotait des mots apaisants. Malgré les questions qui me brûlaient les lèvres, je m'abstins. Je croisais son regard et j'y lus : *« plus tard ».* Il avait raison, inutile de traumatiser Salomé avec nos conversations.

— Appelle sa mère, me dit-il en me tendant un portable.

Quelle sotte, j'étais. Tellement occupée à me soucier de lui, j'en avais oublié d'avertir Matty.

— Mais précise-lui qu'il vaut mieux qu'elle ne rentre pas chez elle ce soir. Nous lui ramènerons Salomé où elle voudra.

-Je sais où elle est, dis-je angoissée. Apparemment ce n'était pas fini. Un coup d'œil à la pierre à mon cou me le confirma. Elle était noire comme les ténèbres.

11

Destinée

Matty et Jay nous attendaient devant la maison de la mère de ce dernier. Le vide dans son regard lorsque je l'avais quittée ce matin était à présent remplacé par un immense soulagement. Après les premières effusions, elle nous proposa d'aller à l'intérieur mais je refusai en lui expliquant que nous devions nous entretenir rapidement. Ernest était à côté de moi mais je devinai que Cewa qui n'était pas sorti de la voiture avait déjà dû s'éclipser. Jay rentra dans la maison avec Salomé. Matty se tourna vers Ernest, un large sourire aux lèvres.

— Je vous remercie infiniment, lui dit-elle.

— C'est Tania qu'il faut remercier, c'est elle qui l'a trouvée, dit-il.

— Quoi qu'il en soit, je vous remercie, insista Matty puis elle me serra à m'en étouffer dans ses bras et en profita pour me chuchoter :

— C'est le bon, j'en suis sûre.

Je me décollai d'elle et lui souris à mon tour.

— Salomé et toi comptez tant pour moi mais il faut que tu me promettes de rester ici au moins encore quelques jours, le temps d'être sûre que les choses se tassent.

— Pourquoi ? Et où est Amy ? demanda-t-elle tout à coup perdue.

— Justement, Amy n'est pas celle que tu crois, c'est elle qui a enlevée Salomé.

Je vis le visage de Matty se décomposer.

— Oui je sais, elle nous a tous bernés, dis-je. Je te promets de tout t'expliquer en détail plus tard mais là je dois y aller. Je t'appellerai demain. En attendant profite de Salomé.

— Et toi, ça va aller ? Je ne me le pardonnerai pas s'il devait t'arriver quelque chose.

— Il ne lui arrivera rien car je vais prendre soin d'elle. Je vous en fais la promesse, dit Ernest, me prenant de court.

— Merci, lui dit-elle, puis elle m'embrassa avant de rentrer à son tour dans la maison.

Une demi-heure plus tard nous étions en route vers Kopali. Cewa devait déjà s'y trouver. Nous roulâmes en silence un long moment puis Ernest explosa :

— Qu'est-ce qui t'est passé par la tête ?

— Je t'ai suivi, lui répondis-je calmement.

— Je m'en suis douté.

Il soupira.

— Je suis passé te voir cet après-midi mais la maison était vide. Ensuite je me suis rendu au restaurant de Matty, il était fermé. Je t'ai appelée à plusieurs reprises sur ton portable, impossible de te joindre. Ce qui n'est pas dans tes habitudes, alors je me suis dis que têtue comme tu étais, tu devais être sur une piste. Et je n'en voyais qu'une, dit-il.

— Je ne te remercierai jamais assez Ernest. J'ai tellement eu peur pour Salomé.

Silence.

— Moi aussi j'ai eu peur, peur de te perdre, lâcha-t-il, le regard concentré sur la route.

Je ne savais plus quoi ajouter.

La demeure de Kopali était entièrement éclairée lorsque nous arrivâmes. Ils étaient encore tous debout pour nous accueillir. Le dîner aussi était prêt et allait être servi.

— Je n'ai pas faim pour l'instant, dis-je à Ernest.

— Moi non plus, préfères-tu boire un verre ?

— Oui, volontiers.

J'avais hâte de sentir l'alcool brûler ma gorge, m'apportant ainsi l'illusion d'un bien-être que j'étais loin de ressentir. Nous nous installâmes dans le canapé. Tout le monde avait déserté la pièce. Nous étions seuls. Je bus ma première gorgée et m'adossai confortablement contre le dossier. Il gardait le silence.

— Je pense avoir été patiente dans la voiture mais il est vrai aussi que je repoussais le moment de savoir, de peur d'être dépassée par ce que tu allais m'apprendre.

Il me jeta un coup d'œil rapide puis vida son verre.

Je poursuivis.

— Moi non plus je ne veux pas te perdre Ernest.

Il émit un petit sourire en coin, puis tendit son bras pour me rapprocher de lui. Il laissa ses yeux errer sur mon visage avec tendresse avant de m'embrasser passionnément. C'était le coup de grâce qui me fit admettre ce que je refoulais tant. Je l'aimais. Je restai blottie contre lui souhaitant par-dessus tout que le temps s'arrêtât, et que le danger qui nous guettait n'existât plus. Il me repoussa légèrement pour m'observer et la phrase jaillit toute seule de ma bouche sans ma permission.

— Je t'aime.

Mais je n'étais pas la seule à me dévoiler en cet instant car cette phrase, nous venions de la prononcer à l'unisson. Il me lança un sourire chargé d'émotions. Etait-ce le danger qui rendait ce moment si transcendant ? Peut-être pas mais seulement la rencontre de deux êtres destinés l'un à l'autre.

— Il faut qu'on parle, dit-il enfin.

— Je sais. Il s'agit de Férone, n'est-ce pas ?

— Oui comme tu dois t'en douter ce n'est pas fini. Je dois l'arrêter.

Je lui caressai le visage.

— Nous y arriverons, je ne te laisserai pas te battre seul, promis-je.

— Écoute Tania, ce que j'ai à te dire maintenant est très important pour moi… pour nous.

— Oui, je t'écoute, dis-je avec une légère appréhension car il me semblait nerveux, chose rare chez lui.

— Tu te rappelles la première fois que nous nous sommes rencontrés ?

— Comment oublier ? murmurai-je.

Il m'adressa un sourire complice.

— Eh bien, tu m'avais demandé si j'étais marié et je t'avais répondu que non. Il marqua une pause.

— Oui, dis-je pour l'encourager à continuer.

— En fait, je l'ai été.

Bon, jusque-là, c'était acceptable après tout mais où voulait-il en venir ?

— Et cette femme…

Tout d'un coup, je ne voulais plus rien savoir, je préférerais rester dans l'ignorance car je sentais que ce que j'allais entendre n'allait vraiment pas me réjouir.

Il me lança un regard perdu puis se leva brusquement et me tendit la main.

— Viens avec moi, dit-il.

Je le suivis sans comprendre ce qui se passait. Nos pas nous menèrent dans son atelier. Il s'arrêta en plein milieu de la pièce.

— J'ai pensé qu'il était temps que tu fasses sa

connaissance, développa-t-il en me transperçant de son regard hypnotisant. Tous les tableaux que tu vois ici, c'est elle qui les a peints sauf celui de son propre portrait.

— Je ne comprends pas, Ernest, murmurai-je.

Il s'avança vers la toile recouverte d'un drap, celle que j'étais sur le point de découvrir lors de mon dernier séjour. La jalousie m'étreignit. Pourquoi gardait-il encore le portrait de sa femme ? Il avait déjà la main sur le tissu.

— Prête ? me demanda-t-il.

— Euh… oui, murmurai-je.

L'étoffe glissa au sol avec un bruissement et je me retrouvai confrontée à ma propre image. Je lui lançai un regard d'incompréhension.

— Mais c'est moi ! Tu as fait faire mon portrait ?

— Oui.

— Mais tu me parlais de ta femme à l'instant, répliquai-je.

— Oui, c'est toi, dit-il en me scrutant avec attention.

— Quoi ? Je ne me rappelle pas que tu m'aies fait ta demande, répliquai-je agacée.

— C'est ma femme sur cette toile et c'est toi, persista-t-il.

— C'est donc ta femme ?

— Oui.

— Mais c'est moi là que je vois. Non… enfin ce n'est pas ce que je voulais dire, ça ne peut pas être moi mais la ressemblance…

Je le toisai, furieuse.

— Est-ce pour ça que tu es avec moi ? En souvenir de ta bien-aimée femme ?

— Comment tu peux croire cela ? se défendit-il.

— Le tableau parle pour moi.

— Tu te trompes car cette femme c'est bien toi. C'est toi ma femme. Tout cela doit te sembler improbable et je le conçois mais c'est vrai ce que je te raconte. Viens, viens t'asseoir. J'obtempérai complètement abasourdie. Avait-il perdu la tête ?

— Ernest, tu vas bien ? m'enquis-je.

— Oui parfaitement et tu dois me croire.

Il regarda longuement le portrait.

— Je vais tout t'expliquer en commençant par le début. Je t'en prie écoute-moi jusqu'au bout.

J'étais incapable de lui répondre, cet homme n'avait pas toute sa tête.

— Tout cela a commencé en 1885 lorsque je t'ai vue pour la première fois.

— Mais tu divagues ! m'exclamai-je.

Il leva la main pour m'arrêter.

— Je t'en prie, laisse-moi finir. Tu avais 19 ans et moi 22. Nous sommes immédiatement tombés amoureux. À l'époque le pays était sous le contrôle des britanniques. D'ailleurs, ton père en était un ainsi que mon grand-père. Mais cela ne changeait rien, nous étions des noirs à leur yeux. Le fait que nous fussions de sang mêlé n'avait aucune importance. Tu étais élevée par ta seule mère, ton père ne t'avait pas reconnue. C'était la même chose pour mon père, élevé seulement par ma grand-mère. Cela ne nous a pas empêché de vivre notre vie et de nous marier en 1888. Mon père était plutôt aisé pour l'époque, il avait commencé à travailler comme douanier aux frontières du pays et puis il y a eu les allemands et les révoltes successives des autochtones. Mais mon père n'a jamais fait partie des insurgés. Il voyait les choses de façon différente, les allemands étaient décidés à construire les infrastructures nécessaires à l'exploitation de notre pays. Il avait préféré se joindre à eux. Il est mort à peine un an après notre mariage nous laissant cette demeure. Tu étais une des rares personnes à ne pas chuchoter dans son dos et il t'appréciait tout autant. À sa mort, il ne me restait plus que ma grand-mère qui m'a élevé. Ma mère étant morte en couche, je ne l'avais donc pas connu. Et toi aussi bien sûr. J'étais médecin, mon père avait veillé à cela pour moi, j'avais donc fait mes études dans ce sens. Ta mère…

Il eut un sourire affectueux. Même si ce qu'il me racontait me paraissait insensé, j'étais néanmoins suspendue à ses lèvres.

— Elle était la plus douce des femmes que j'ai connues. Elle a été pendant un temps la mère dont je rêvais. Elle n'a jamais voulu vivre avec nous malgré notre insistance et toute la place qu'il y avait ici. Elle ne voulait pas nous déranger, c'était quelqu'un d'extrêmement discret.

Il marqua une pause.

— Tu étais assez admirative de mon métier, plus tard, tu es devenue mon assistante mais cela ne t'empêchait pas de t'épanouir autrement. La peinture et toi, c'était une longue histoire. Tu t'enfermais des heures dans cet atelier au grand dam de Kindra qui passait son temps à te harceler pour manger.

— Kindra ? demandai-je surprise.

— Oui, elle vivait avec nous, tout comme Cewa, Olivio et Djiantou. Nous étions si heureux puis le drame est arrivé.

— Le drame ? demandai-je, complètement plongée dans le récit.

— Oui, en 1893, une épidémie de méningite s'est abattue sur le pays. Tu es tombée gravement malade et je n'ai rien pu faire pour toi malgré tous les remèdes que j'avais concoctés. Je t'ai regardée mourir, impuissant.

Ses traits se crispèrent comme s'il revivait la scène.

— Les jours qui ont suivi ont été infernaux. Il m'était réellement difficile d'envisager mon avenir sans toi. J'avais beau me raisonner, je ne pouvais m'y résoudre. La vie n'avait plus de sens. Alors seulement quatre jours après ta disparition, j'ai décidé d'abréger mon existence.

Il s'arrêta et me regarda intensément. Il attendait sans

doute que je dise quelque chose.

— Ok… dis-moi, tu viens d'inventer cette histoire ?

— Mais non ! C'est la pure vérité, dit-il, indigné.

— Ok, repris-je en levant les mains. Tu ne m'as pas dit comment s'appelait ta femme.

— Tania, elle s'appelait Tania.

Je me levai en me prenant la tête entre les mains.

— Non ! Ernest, je ne peux pas croire ça. Ce n'est pas possible, te rends-tu compte de ce que tu veux me faire avaler ? Et puis ça te ferait quel âge ?

— Trop si je devais compter mais j'ai 30 ans, l'âge auquel j'ai décidé de rejoindre l'éternité.

— Mais comment est-ce possible ? Une part de moi veut te croire mais l'autre lutte pour garder la raison, lui dis-je. J'arpentai la pièce puis me figeai devant *mon* portrait, d'une main incertaine je caressai le contour du visage, c'était tellement moi. Il se colla contre mon dos et m'enlaça. Je ne fis rien pour le repousser.

— Tu ne peux pas savoir à quel point tu m'as manqué. Le pire a été d'ignorer quand est-ce que tu allais renaître. Ma grand-mère m'avait dit que tu pouvais être n'importe où dans le monde. Cela a été le cas mais tu es quand même venue ici et nulle part ailleurs. Heureusement pour moi sinon notre sacrifice aurait été vain.

— Votre sacrifice ?

— Oui, ma grand-mère était ce qu'on pouvait appeler une sorcière, mais elle répugnait à employer ce qualificatif. Elle était très douée dans son domaine. Comme je te l'ai dit, quatre jours après ta mort, j'avais décidé d'abréger ma vie en ayant recours à elle. Le but étant de revenir au moment même où tu réapparaîtrais.

— Si tout cela est vrai, pourquoi ne me l'as-tu pas dit plus tôt ?

— M'aurais-tu cru ? Et puis j'ai pensé qu'il fallait faire ça en douceur.

Je secouai la tête, incrédule.

— Je ne vois qu'une seule solution pour que tu me croies. Il faut contacter ma grand-mère et toi seule le peut.

— C'est-à-dire ? demandai-je en haussant un sourcil.

— Grâce à ton amulette, dit-il.

— Mon amulette ? dis-je en la caressant. Je ne vois pas ce que ta-grand-mère a à voir avec cette pierre ?

— Tu en es sûre ?

— Quoi ? Ne me dis pas que Damée est…

— Ma grand-mère, lâcha-t-il.

— Trop c'est trop. Je m'en vais, dis-je en esquissant un pas vers la porte.

— Non, attends…

— Attendre quoi ?

— Laisse-moi te prouver au moins mes dires, plaida-t-il.

— Je ne veux en aucun cas cautionner ta démence, répliquai-je.

— Ok, si tu veux, je suis fou mais laisse-moi au moins le bénéfice du doute, après tu feras ce que tu veux.

— D'accord, prouve-moi.

— En ce qui me concerne, je ne l'ai pas revue depuis ce fameux soir où j'ai remis mon destin entre ses mains, c'était une des conditions. Mais je crois savoir que si elle t'a laissée son amulette qu'elle ne quittait jamais, ce n'était pas sans raison, hormis la protection qu'elle t'offre, affirma-t-il.

J'étais perdue, cet homme si digne et si distingué était en fait déficient ? C'était trop beau pour être vrai. Le fait qu'il aurait pu être mon mari dans une autre vie aurait pu me réjouir plus qu'il ne croyait et surtout m'aurait rassuré sur le fait que j'étais tombée amoureuse au premier regard. Mais encore fallait-il l'admettre et cela était plus que je ne pouvais. Je décidai cependant de jouer le jeu, tôt ou tard, je serai fixée.

— Comment faire alors ? Je touche la pierre et je l'appelle ?

J'émis un petit rire stressé en entendant mes propres paroles.

— Cewa pourra sans doute t'aider.

— En quoi consiste exactement son pouvoir, je sais qu'il peut maîtriser les gens mais… Et puis comment fait-il ?

— Cewa était déjà hypersensible avant ta mort, le fait d'avoir usé de la magie nous a doté de certaines particularités et intensifié certains côtés de notre personnalité.

— Et toi ? Qu'est-ce que cela t'a apporté à part de disparaître ?

« Es-tu sûre de vouloir le savoir ? » Il n'avait pas ouvert la bouche. Mais ses mots s'imprimèrent dans ma tête. *« Oui, je suis en train de parler dans ta tête »*

— Comment arrives-tu à faire ça ? C'est génial. Mais c'est comme Cewa.

— Non, lui il a le pouvoir de persuasion et il ressent les gens, pas moi.

« Je sais que le moment est mal choisi mais j'ai terriblement envie de toi »

Malgré l'absurdité de la situation, j'étais néanmoins réceptive à ce qu'il me disait comme si nous étions branchés par un fil.

— Tu es sûr que tu n'as pas le pouvoir de persuasion ? lui demandai-je.

Il rit et s'approcha de moi mais suspendit son geste quand Cewa entra dans la pièce.

— Tu m'as appelé, précisa-t-il sans doute en percevant nos émotions.

— Oui, c'était machinal mais tu tombes bien.

Je lançai un coup d'œil rapide à Ernest et il me répondit

aussitôt : « *patience* ».

Je vis le sourire retenu de Cewa et compris qu'il était impossible de cacher quoi que ce soit à cet homme.

— Ça y est, elle sait tout, lui dit Ernest.

— Je sais, répondit Cewa, puis se tournant vers moi, il ajouta :

— Tout ce que vous a dit Ernest est exact.

Je ne répondis pas.

— Cewa, il faut l'aider à rappeler Damée, comme tu le sais, elle lui est apparue une fois déjà et cette pierre nous le prouve. Je suis persuadé qu'à l'époque, tu as lu dans sa tête comment la ramener et tu ne me diras pas le contraire. Je sais que c'est un sujet que nous ne voulions plus aborder mais aujourd'hui, c'est nécessaire.

— Son esprit me faisait barrage, dit Cewa.

— Mais tu as quand même réussi, n'est-ce pas ?

— Oui, bien sûr. Je suis même sûr qu'elle a cédé consciemment en anticipant un jour comme celui-ci, dit Cewa en se tournant vers moi. Il me regarda intensément et je soutins son regard. Quelques instants plus tard, je me sentis partir. Tout d'un coup, mon corps me paraissait trop lourd pour rester debout, je devais m'asseoir, je jetai un regard à Ernest puis à Cewa. Ce dernier me dit :

— Je suis désolé.

Ernest avait dû lui parler directement dans sa tête car il lui répondit :

— Je n'ai pas le choix. C'est la seule façon.

Ernest me rattrapa au moment où j'allais m'effondrer. Au lieu de me sentir soulagée, un profond malaise s'insinua en moi et me submergea pour se transformer en une peur primale. Ma respiration se fit haletante. Je me débattis dans ses bras pour lui échapper. Je devais leur échapper. Ils me voulaient du mal. Cewa ne me lâchait pas du regard, sans aucun doute, il était à l'origine de mon angoisse. Je voulus me diriger vers la porte mais il me barra le passage me clouant sur place. Puis il s'avança et d'un geste brusque, m'arracha l'amulette. Ernest n'avait rien fait pour le retenir. Comment pouvait-il le laisser me faire ça ?

— Non ! hurlai-je mais mon cri se perdit dans le bruit chaotique qui s'éleva autour de nous comme si la maison était sur le point de décoller. Un mélange de tremblement et grincement des murs. L'édifice tout entier fut secoué comme si on le soulevait pour le reposer. Je m'affalai par terre. Le silence était retombé. Les deux hommes étaient figés devant moi. Leurs regards stupéfaits braqués dans ma direction. Qu'est-ce qui se passait ? Pourquoi me regardaient-ils de la sorte ?

— Qu'est-ce que vous me voulez ? criai-je.

— Lève-toi ma fille, je n'ai que peu de temps.

Je compris alors que ce n'était pas moi qu'ils regardaient. La voix qui monta dans mon dos était rocailleuse et familière. Je me retournai brusquement et tombai nez à nez avec Damée.

— Grand-mère, dit simplement Ernest.

— Mon enfant…

L'émotion était palpable dans cette voix dure que possédait Damée.

— Prêtresse, dit Cewa en baissant la tête en signe de respect.

— Tu es un atout inespéré pour mon petit-fils, le sais-tu ? lui adressa-t-elle.

— Vous me faites trop d'honneur, répondit Cewa.

Elle reporta son attention sur moi.

— Ne lui en veux pas, il n'a fait que ce qu'il devait faire. Alimenter ta peur pour pouvoir te démettre de l'amulette était la seule façon de me ramener sans que je ne l'aie décidé par moi-même. Même si la pierre t'appartient maintenant, elle ne cessera jamais d'être sous ma surveillance. Le jour où elle ne sera plus en ta possession, je me devrai de la récupérer. Et pour ce faire, la seule façon est de me rendre sur le lieu où tu l'as perdue.

— Je savais que tu ne la lui avais pas donnée par hasard, dit Ernest.

— Tu me connais bien mon enfant.

— Donc tu sais pourquoi nous t'avons ramenée.

— Oui, je m'en doute. J'ai essayé de la préparer à ce moment précis lorsque nous nous sommes rencontrées pour la première fois, dans la clairière, dit Damée. Elle se tourna vers moi, j'étais toujours par terre. Je me levai péniblement.

— Tania, je sais que tout cela doit te sembler irréel mais tu n'en es plus là, n'est-ce pas ? Mon petit-fils t'aime à un point que tu es loin d'imaginer. Ce sacrifice, il l'a fait en tout état de conscience même si son choix était motivé par le chagrin, il n'en était pas moins réfléchi. Mais comme tout, cela a un prix. Je vais à présent te montrer quelque chose d'essentiel qui t'apportera sans doute les réponses aux questions que tu te poses en ce moment. Détends-toi et regarde. Sans plus de cérémonie, elle balaya l'air de la main. Tout d'abord, je fus envahie par un brouillard si épais que je crus que j'allais en être prisonnière définitivement, puis lentement, il s'éclaircit laissant peu à peu place à une image parfaitement nette. Je me retrouvai propulsée dans un monde qui m'était inconnu et me paraissait lointain. Je me vis au milieu d'autres jeunes femmes, riant. C'était si réel. J'avais l'air beaucoup plus jeune et nous étions sur le point de quitter un grand bâtiment colonial blanc. Une fois dehors, je saluai les autres d'un signe de la main et me mis à courir en soulevant mon jupon d'une main. J'arrivai bientôt essoufflée dans une prairie. Je jetai mes livres sur l'herbe, m'allongeai et fermai les yeux. Je pouvais ressentir la sensation de plénitude qui m'envahissait à cet instant. Je devinai sans peine que c'était un endroit où je me rendais souvent. Puis un bruit… oui ce bruit, c'était le cavalier. Je n'étais pas la seule à effectuer ce rituel, le soir après l'école. Un homme faisait régulièrement galoper son cheval dans cette prairie. Il ne se risquait jamais du côté où j'avais l'habitude de me poser mais pas aujourd'hui, on dirait. J'avais toujours les yeux fermés lorsqu'il s'arrêta devant moi. Je le sentis. J'ouvris les paupières et mis ma main en visière afin de mieux voir la personne juchée sur l'étalon. Mon cœur fit un bond dans ma poitrine.

— Bonjour, dit-il

Il attendit en silence.

— Bonjour, répondis-je la gorge sèche.

— Je me suis dit qu'il était temps que nous fassions connaissance.

Je ne pus m'empêcher de lui sourire tout en sentant l'étourdissement m'envahir. Puis l'image se brouilla légèrement et se fut comme un film accéléré. Des tranches de vie, de ma vie, mon mariage, moi sur mon lit de mort, le chagrin d'Ernest… C'était mon passé, ma vie antérieure. Tout cela m'arrivait en plein visage et m'accrochait comme des souvenirs inaltérables. La réalité s'abattait encore une fois de plus sur moi. Tout cela était donc vrai. Mes réflexions faisaient rage dans ma tête lorsque je refis surface au milieu de l'atelier. C'était clair qu'à présent, je n'avais plus aucun doute concernant les propos d'Ernest. Je n'oublierai jamais, la douleur que j'avais vue sur son visage et jamais plus, je ne pourrai douter de son amour.

— Nous nous sommes connus dans une prairie, dis-je.

Il sourit.

— Enfin ! dit-il simplement.

— Je vois que le petit voyage dans le passé s'est bien déroulé, dit Damée. Il est temps d'aller à l'essentiel.

— Oui, tu as raison. Demain soir aura lieu l'ultime sacrifice des Zakpa, nous devons les en empêcher, dit Ernest à sa grand-mère. Même si ce soir nous avons sauvé le sacrifice en question. Il est sûr que cela ne les empêchera pas d'en trouver un autre pour demain. Et puis Férone ne nous lâchera pas si jamais il devait être régénéré.

— Férone ? s'exclama Damée. Ce fils de Satan dirige toujours les Zakpa ?

— Tu le connais ? demanda Ernest.

— Oui, je n'ai pas connu d'autres dirigeants des Zakpa de mon vivant si tu vois ce que je veux dire. Il n'est sûrement pas prêt à abdiquer.

— J'imagine.

— Néanmoins, je suis d'accord avec vous, il faut l'arrêter ; je n'ose imaginer le nombre de vies qu'il a dû sacrifier pour continuer à vivre depuis tout ce temps. Il était dit que la mort des Zakpa viendrait du futur. Mais j'avais toujours cru que c'était le futur qui viendrait à nous et non nous allant à sa rencontre. Nous avons tellement bouleversé les lois de la nature. En élimant Férone et ses acolytes, nous redresserons déjà pas mal les choses. Leur perte viendra de toi Tania, c'est toi le futur. Ernest, Cewa et moi ne sommes que des âmes errantes tout au plus. Mais seule, tu n'y arriveras pas, tu as besoin de mon aide. Venez, allons dehors. Elle sortit de l'atelier puis se dirigea dans les couloirs avec une précision prouvant qu'elle connaissait la demeure. Lorsque nous débarquâmes à l'extérieur, moi seule fus surprise de voir dans l'étendue de l'immense jardin, les maisonnettes auparavant visitées dans les bois.

— Je ne me déplace jamais sans ma maison, dit Damée à mon intention. Elle ne nous invita pas à entrer dans l'habitation principale mais dans celle que j'avais choisie lors de notre première rencontre, autrement dit dans celle de la mort. À quatre à l'intérieur, la pièce me paraissait terriblement étouffante. Damée alla directement prendre deux boîtes sur l'étagère qu'elle posa sur la petite table. Elle en ouvrit une et y prit une pincée de poudre rouge.

— C'est de la poussière de la *morpure*, elle a le don de paralysie. Quant à celle-ci, dit-elle en ouvrant l'autre pot faisant découvrir un résidu noir, c'est de la *chrisomède* qui calcine le cœur instantanément. L'alliage des deux est réputé pour vaincre l'immortalité.

Sur ce, elle se dirigea à nouveau vers l'étagère et attrapa un coffret en bois en relief ainsi qu'un récipient. Elle posa le tout sur la table. Nous étions muets et impatients à la fois. Mais le respect qu'imposait cette femme nous empêchait de prononcer le moindre mot risquant de la troubler dans sa préparation. Enfin, elle ouvrit le coffret et nous pûmes découvrir un magnifique couteau au manche en cuivre bombée et en ivoire décorée, complété d'une virole et une rivure en laiton ciselé ; et pour finir, doté d'une lame fine et extrêmement tranchante.

— Ceci est dans la famille depuis des siècles, il faudra en prendre grand soin autant que tu pourras à l'avenir, Ernest. Elle mélangea soigneusement les deux poudres à l'aide d'une spatule en bois en y versant un alliant liquide dont elle tut le nom. Ensuite, saisissant un minuscule pot en verre, elle y emprisonna la pâte obtenue tout en prenant soin de le refermer.

— Voilà, dit-elle en me le tendant. J'en ai fini avec l'arme qui servira à renvoyer Férone en enfer.

Une question me brûlait les lèvres.

— Si vous saviez comment le tuer, pourquoi ne pas l'avoir fait plus tôt ? demandai-je.

— Ce n'était pas mon combat mais à présent que vous êtes menacés, ça change tout. Et puis le fait de savoir comment tuer quelqu'un est une chose mais le mettre en application en est une autre, dit-elle grave. C'est pour cela qu'il faut que vous m'écoutiez attentivement. Il vous faudra le prendre par surprise sinon vous n'avez aucune chance.

— Comment par surprise ? questionna Ernest.

— Quoi qu'il se passe c'est à Tania de lui plonger ce couteau en plein cœur car elle est humaine et pas d'hésitation ; une fraction de seconde peut être fatale et je ne pourrai plus rien pour vous. Mais avant toute chose, il faudra enduire la lame du mélange que je viens de fabriquer car le vrai tueur c'est le poison. Un couteau seul ne peut rien contre Férone. Il va falloir ruser pour le tuer. Il est clair qu'il ne doit pas te voir avant que tu ne le touches et pour ce faire, tu auras besoin d'Ernest et Cewa. Les deux peuvent se rendre invisibles. Toi aussi tu devras l'être mais dans l'état actuel des choses, cela t'est impossible. Je vais devoir faire appel à la magie pour te faciliter la tâche. Comme tu es vivante mais non immortelle, tu ne pourras être invisible qu'accompagnée de l'un des deux car c'est leur aura qui te donnera ce pouvoir provisoirement.

— Combien de temps ? demandai-je surexcitée.

— À peine deux ou trois jours, répondit-elle.

— Et après, je ne risque pas d'avoir des séquelles ?

Elle rit.

— Toujours aussi pragmatique, aussi me suis-je souvent demandée comment tu faisais pour peindre tes magnifiques tableaux avec un esprit aussi terre à terre. Puis j'ai pensé que peut-être tu prenais une quelconque substance à l'insu d'Ernest.

— Me réduire à cela m'étonne de vous, Damée, dis-je.

— Pourquoi ? Ce n'est en aucun cas une disgrâce, c'était le lot de pas mal d'artistes, ma chère. Mais rien ne devrait t'étonner en ce qui me concerne, c'était ce que tu répétais sans arrêt, dit-elle avec un sourire carnassier. Mais rassure-toi, tu n'auras pas de séquelles.

Je frissonnai.

— Que deviendront les adeptes de Zakpa une fois Férone mort ? voulus-je savoir.

— Sa mort les libèrera de son emprise, je pense même qu'ils oublieront jusqu'à son existence.

Elle soupira.

— Maintenant, il est l'heure pour moi de m'en aller.

— Merci grand-mère, dit Ernest.

— Que ne ferais-je pas pour toi, mon enfant ?

— Quand te reverrai-je ?

— Peut-être jamais, dit-elle, énigmatique.

Ernest la regarda intensément et elle lui sourit affectueusement.

— L'amulette est à utiliser à bon escient, lui dit-elle.

Je devinai sans peine ce qu'il venait de lui dire à mon insu.

— C'est pour protéger Tania et je préfère qu'il ne serve qu'à cela. Il vaudrait mieux qu'elle reste en vie puisque tu as sacrifié la tienne pour elle, dit-elle avant de nous toiser l'un après l'autre. Les moments que vous passez ensemble sont à chérir car ils ne sauraient durer.

Lentement, elle caressa le visage d'Ernest puis se fut le trou noir.

12

Déclin

Je levai les yeux et vis que jamais je n'aurai le temps de l'éviter, elle était infatigable et moi je n'avais plus de force.

— Zina ! Zina ! Non !

Trop tard, elle s'était ruée sur moi sans me ménager. Je me retrouvai allongée sur la pelouse, les quatre fers en l'air et c'était dans cette position qu'Ernest me trouva.

— Joli, dit-il en souriant.

— Aide-moi plutôt à me relever. Elle m'a épuisée.

— Tu devrais le lui dire, elle te comprend, tu sais, dit-il.

— Je sais mais elle est tellement adorable, dis-je conciliante.

— Je vois qu'elle t'a eue.

Il plongea son regard dans le mien. Et lâcha :

— C'est bientôt l'heure, la nuit est déjà en train de tomber.

Ces quelques paroles avaient suffi à refaire surgir mon angoisse. Le fait que tout reposait sur moi était loin de m'enchanter. Mais qui étais-je pour mettre en doute les propos d'une sorcière ? Si elle me croyait capable de cela, alors j'en étais capable. L'idéal aurait été d'atteindre

Férone avant le début de la cérémonie mais l'ironie résidait justement là. Le seul moment où il était vulnérable était pendant le sacrifice.

— Que dit Cewa ? le questionnai-je.

— Il est prêt. Viens, on réessaie encore une fois ensuite tu vérifieras aussi avec Cewa.

Nous avions essayé au moins une vingtaine de fois depuis ce matin mais je ne voulais pas le contredire, il était inquiet et c'était compréhensible. Je me rapprochai de lui et l'agrippai par les épaules. Quelques instants plus tard, nous étions dans le séjour. C'était une sensation étrange comme si mon corps ne m'appartenait plus mais l'action en elle-même était si rapide qu'elle rendait le trouble que j'éprouvais moindre.

— Parfait, dit Ernest.

Une heure plus tard, nous étions devant l'antre des Zakpa. La foule commençait déjà à s'amasser dans la cour. Je pensais immédiatement à la nouvelle sacrifiée. Où l'avaient-ils trouvée ? Et qui était-elle ? Mes pensées allèrent à cette famille qui ne reverra jamais son enfant. Hélas, nous ne pouvions pas le sauver car le sacrifice allait être notre allié pour maîtriser ce charlatan. Lorsque les tambours se firent entendre, mon cœur tressauta dans ma poitrine et se mit à battre en désordre. Je devais me calmer. Mais comment ? J'étais sur le point de tuer un homme. J'avais accepté tout cela avec une telle facilité, comme si je n'avais pas le choix, comme si c'était la seule route à prendre.

— Tiens, il faut se préparer, me dit Ernest en me tendant le couteau. Nous l'avions sorti de son coffret et remplacé ce dernier par un étui en cuir plus pratique. Il avait été enduit auparavant abondamment du poison de Damée. Nous n'avions pas lésiné sur la dose. Il n'était pas question de le rater. La musique cessa. Nous trois, retînmes nos respirations et suivirent en silence cette mise en scène qui nous paraissait extrêmement démente. Enfin dans un silence de mort, nous vîmes la procession arriver. Au lieu d'une civière comme la veille, c'était une belle table à roulettes en argent massif pourvue d'une rigole. Même si je savais pertinemment que le sacrifice aurait lieu comme prévu avec un autre supplicié, le fait de voir ce petit corps allongé sur cette table me révolta au plus haut point. Ernest et Cewa, sentirent l'émotion qui était mienne à présent et me couvrirent de leur regard. L'un était compatissant, et l'autre d'une tendresse incomparable.

— Ça va aller, n'est-ce pas ? me demanda Ernest d'une voix pourtant ferme.

Je pensai à tous les crimes qu'avait dû commettre cette ordure de Férone depuis toutes ces années et ma détermination monta d'un cran. Le chariot s'arrêta et tout le monde s'agenouilla. L'un des prêtres avança et entonna une courte litanie. Ensuite Férone, dans son habit de fête, une longue robe noire lui tombant sur les pieds, approcha le sacrifié. Quelques secondes plus tard, quelqu'un lui apporta un objet. Nous étions trop loin pour voir de quoi il s'agissait mais cela alerta Ernest.

— À toi de jouer Cewa, dit-il en lui donnant une tape sur l'épaule. Instantanément, ce dernier disparut sous nos yeux.

Férone leva l'objet en question en l'air tout en parlant et je vis avec effroi de quoi il s'agissait, l'éclat du couteau m'apparut une fraction de seconde et avant même que j'ai pu ciller, il trancha la gorge du sacrifié comme on saignait un mouton. Un prêtre qui se trouvait à proximité, approcha une espèce de coupe devant la rigole et y récupéra le sang. Férone se départit immédiatement de sa tunique et se retrouva torse nu, seulement vêtu d'un pantalon noir près du corps. Il s'empara du calice et le leva au ciel.

— C'est le moment, me dit Ernest. Tout se passera bien.

Je m'accrochai à lui en passant mon bras gauche tenant le haut de l'étui à couteau autour de sa taille tandis que ma main droite maintenait fermement le manche. J'étais prête à agir rapidement sans perdre de temps, pas de gestes inutiles. Il avait été convenu que Cewa n'endormirait pas l'assistance, car il n'y aurait plus aucun effet de surprise et nous serions alors attendus. Ernest m'entraîna dans son passage, normalement impénétrable et qui n'appartenait qu'à lui ; un transit hors de portée du tout un chacun mais moi j'y étais et allais en sortir d'un moment à l'autre pour faire face à mon destin. C'était le moment. De près, le calice m'éblouit un instant mais je dégainai l'arme empoisonnée de son étui sans hésitation et le dirigeai directement vers le cœur de Férone. Le bruit que je perçus sonna mal à mes oreilles. Ce ne devait pas être ce bruit-là. J'ouvris les yeux que j'avais fermés l'instant d'une seconde et vis le regard noir de Férone posé sur moi. Je compris immédiatement ce qui venait de se passer, ce n'était pas le cœur de Férone que mon couteau avait trouvé mais la coupelle contenant le sang. J'en avais partout sur moi. Ernest voulut m'attraper pour nous faire disparaître mais quelqu'un l'en empêcha et je le sentis s'éloigner de moi. Au même moment, Férone m'entoura la gorge de ses mains. La lutte était inéquitable. Cewa qui était posté près de nous pour surveiller le bon déroulement de l'assaut, apparut en chair et en os. Aussitôt, les vigiles se jetèrent sur lui. Avec Ernest, ils disparaissaient sans cesse en essayant de se rapprocher de moi afin de me libérer mais sans succès. La foule s'en mêlait à présent. Peu à peu, je sentis l'air me manquer et mes forces me quitter. Une phrase tournait en boucle dans ma tête, *je vais mourir, je vais mourir*, puis je lâchai le couteau.

L'action se déroula en quelques secondes à peine. Lorsqu'Ernest la vit tomber à terre, il hurla :
— Cewa maintenant !
Puis il fendit la foule avec une force indescriptible et s'approcha de Tania, inerte. Il venait à peine de s'agenouiller que Férone lui envoya une droite. Surpris, il tomba.
— Mettez-les tous au cachot ! tonna-t-il à l'adresse des vigiles. Mais déjà, les pouvoirs de Cewa commençaient à avoir raison d'eux, ils s'effondraient tous les uns après les autres. Ernest se releva et prit le corps de Tania entre ses bras, puis disparut. Quelques instants plus tard, ils étaient devant le palais. Il avait pris soin de l'allonger sur l'herbe et lui caressait le visage. Elle paraissait si paisible. Une haine aveugle s'insinua en lui. Il n'avait plus qu'une idée en tête, tuer Férone lui-même. Il se pencha sur elle.
— Tania, réponds-moi, dit-il pourtant calmement. Je t'en supplie réveille-toi. La panique le gagna progressivement. Non ! Non !... Damée ! Damée !
— Inutile de l'appeler, elle ne viendra pas, dit Cewa qui venait d'apparaître. Tiens, dit-il en lui tendant le couteau qui était resté sur le lieu du sacrifice. Heureusement avec l'agitation, personne ne l'avait aperçu gisant au sol. Il faut achever ce que nous avons commencé.
— Mais comment ? Ce n'est pas l'envie qui m'en manque de lui plonger cette lame à l'intérieur du corps pour le vider de ses tripes. Regarde-là, elle… elle est…
— Non Ernest, la colère t'égare. Elle n'est pas morte, elle ne peut pas mourir avec cette amulette autour du cou et tu le sais aussi bien que moi, c'est sa protection. Elle va bientôt se réveiller, je la sens déjà revenir à elle.
— Oh mon Dieu ! murmura Ernest.
— Férone s'est réfugié à l'intérieur de la bâtisse. Mais il

faudra qu'elle le tue. Les autres doivent être en train de se réveiller, il faut que je retourne les affaiblir.

Resté seul, Ernest attendait avec impatience que Tania se réveillât. Elle faisait peine à voir avec tout ce sang tâchant ses vêtements. Il y avait toutefois une bonne nouvelle, cet autoproclamé *Maître représentant la divinité suprême sur terre* ne pouvait pas se régénérer aujourd'hui ; la coupelle s'était renversée en totalité. À moins que… Il se concentra quelques secondes, mais ne vit aucun résultat, le corps de Tania semblait sans vie. Il se leva possédé par la rage. Il ramassa le couteau laissé par terre par Cewa et regarda dans la direction de l'immense demeure. Son regard fit le va-et-vient un certain nombre de fois entre l'arme et le palais.

— Ernest…

Il se retourna brusquement et croisa le regard de la femme qui donnait un sens à sa vie.

J'entendais la voix d'Ernest empreinte de désespoir me prier de revenir à moi. Je voulais ouvrir les yeux mais j'avais l'impression de devoir traverser un épais brouillard. Puis brusquement, la réalité revint à moi avec une telle force que cela me défit de ma faiblesse. J'ouvris les yeux et le vis debout près de moi. Je l'appelai et il vint s'agenouiller près de moi.

— Oh mon amour, tu m'as fait une de ces peurs !

— Je l'ai raté, dis-je confuse.

— Ce n'était pas de ta faute, tu ne pouvais pas prévoir qu'il allait abaisser le calice à ce moment-là, dit-il.

— Il faut qu'on y retourne, je dois l'arrêter, dis-je.

— Je sais, tu es sûre que ça ira ?

— Oui ne t'inquiète pas, chéri.

— Chéri ? Les choses se précisent entre nous, dit-il moqueur.

— Je suis carrément tombée dedans, tu veux dire !

— Je sais, ça fait beaucoup d'un coup pour toi mais j'avoue que je suis soulagé que tu saches ce qu'il en est réellement.

— Tout ce sang ! dis-je en baissant les yeux sur mes vêtements.

— Cewa m'a prévenu que Férone s'est réfugié dans le palais, m'informa-t-il.

— Si on n'y va pas maintenant, je n'en aurai plus le courage.

— Comme tu voudras, tiens, me dit-il en me tendant l'arme. Je le planterais bien moi-même.

— Cela ne servirait à rien à part évacuer ta colère, lui dis-je tout en m'accrochant à lui.

Quelques instants plus tard, nous atterrissions dans l'un des couloirs du harem. Il était vide, ils devaient tous être encore dehors.

— Il faut trouver les quartiers de Férone, dit Ernest.

— La salle des louanges, c'est là que je l'ai rencontré la première fois, dis-je.

— Allons-y.

Nous nous ruâmes dans les couloirs à découvert, persuadés d'être seuls dans le bâtiment. Nous arrivâmes sans encombre à destination mais la salle était vide. Je balayai la pièce du regard et avisai le rideau derrière l'estrade.

— Derrière le rideau peut-être, osai-je.

Il passa devant moi et avança lentement sans faire de bruit en me retenant derrière lui d'une main. Il écarta à peine le tissu, mais cela suffit. Je me hissai sur la pointe de pied afin de voir ce qui se passait. Ernest mit un doigt sur ses lèvres pour m'intimer le silence. Férone était bien là, allongé sur un divan. Il était méconnaissable, on aurait dit qu'il avait vieilli d'une vingtaine d'années d'un coup et semblait souffrir le martyr. Brusquement, Ernest tira l'étoffe et entra dans la pièce sous l'œil surpris de Férone. Immédiatement ce dernier redevint l'homme jeune et fort, puis se leva.

— Tu ferais mieux d'économiser tes forces Férone, lui dit Ernest. Tu as renversé ton élixir de jeunesse, t'en souviens-tu ?

— Que me veux-tu ? s'exclama Férone.

— Ta mort. Je crois qu'il est temps que tu tires ta révérence.

— Que tu le veuilles ou non, je me régénèrerai avant minuit. Le sang, ce n'est pas ce qui manque.

— Le sang jeune, tu veux dire.

— Oh, celui de la femme fera parfaitement l'affaire pour quelques années, dit-il méprisant.

J'en eus un haut le cœur.

— Je crois qu'il est temps d'en finir avec ce bavardage qui ne nous mènera nulle part. Tu es seul, tous tes gardes sont endormis, elle est là pour te tuer et non pour te donner son sang. Mais avant toute chose, je te propose de mourir dignement même si ta vie ne peut pas y prétendre. Un combat entre homme à mains nues.

Férone éclata de rire et avança lentement vers moi mais je ne reculai pas.

— Et quoi ? demanda-t-il en s'adressant à Ernest mais son regard ne me lâchait pas. Celui qui gagne partira avec la fille ?

— Je crois que tu ne comprends pas, à l'issue de ce combat, tu mourras et en ce qui la concerne, n'y pense même pas.

— Tu as l'air de tenir à elle. Savais-tu que je voulais en faire mon épouse avant que tu ne débarques ?

Ernest me jeta un regard.

— Oh, je vois que vous ne partagez pas tous vos petits secrets, continua Férone, satisfait de lui.

— La ferme ! crachai-je. Il me tapait sur les nerfs et tout ce que je voulais était en finir. Mais Ernest avait trop d'honneur pour me laisser planter un couteau dans le cœur d'un homme affaibli.

— À toi de décider Férone, lui dit Ernest.

Pour toute réponse, le seigneur des Zakpa enleva sa tunique. J'attrapai le bras d'Ernest mais il me lança un regard appuyé et me parla directement dans ma tête « *ne t'inquiète pas mon amour, ça va aller* ». Sur ce, il ôta également sa chemise. Ils se tournèrent autour un petit moment puis Férone envoya le premier coup. Il était clair qu'aucun des deux n'allait lâcher aussi facilement. Toujours munie de mon couteau, je tournais autour d'eux à distance raisonnable. Férone avait le vice dans la peau. Il suffisait de le voir se battre pour comprendre comment il avait vécu, dans la duplicité. Il savait pertinemment qu'il allait mourir. Il avait vécu assez longtemps pour reconnaître la fin. S'il croyait réellement en son Dieu qu'il s'appliquait tant à honorer de ses sacrifices, il verrait que tout était contre lui. Chaque fibre de mon corps frissonnait chaque fois qu'il touchait Ernest. Pour Férone, ce n'était pas une lutte pour l'honneur mais une occasion pour faire souffrir son adversaire. Car faire du mal était la seule façon qu'il connaissait de vivre. J'en avais plus qu'assez et le combat me semblait sans fin. Néanmoins je crus que j'allais m'en mêler lorsque je le vis propulser Ernest d'une force inouïe contre l'une des colonnes de pierre. Ce dernier s'en remit vite et retourna à l'attaque. Ils se jetèrent l'un contre l'autre avec une dureté proprement masculine, puis en échangeant quelques coups de poings, ils débutèrent une danse virile qui les menèrent tour à tour au sol, contre le mur. Je ne pouvais m'empêcher d'anticiper les gestes de Férone car j'y étais suspendue comme si le combat n'était qu'entre lui et moi. Tout à coup, Ernest sauta en l'air et lui claqua son pied en pleine poitrine, l'autre vacilla, luttant pour ne pas tomber mais finit par poser un genou à terre.

— Tu en veux encore Férone ? demanda Ernest mais au lieu de lui répondre, cet imposteur en profita pour lui attraper les chevilles pour le déstabiliser, cela marcha. Ernest tomba à terre mais n'en oublia pas moins son assaillant. Ils roulèrent l'un sur l'autre au rythme des coups qu'ils essayaient d'éviter. Je sentis brusquement une présence dans mon dos et me retournai brandissant l'arme. C'était Cewa.

— Qu'est-ce qu'il fait ? me demanda-t-il, alarmé.

— Il veut donner une chance à Férone de mourir dignement, lui expliquai-je.

— Ça c'est Ernest tout craché mais nous ne pouvons nous éterniser, j'ai mes limites, plaida-t-il.

— Je sais…

Un râle désespéré se fit entendre dans notre dos et nous nous retournâmes. Férone était là, allongé au sol avec un genou d'Ernest posé sur sa gorge. Il était à nouveau vieux.

Quelle tristesse de vivre dans ce cercle infernal, pas de sang pas de vie. Et pourquoi ? Pour asservir son entourage. Ernest me fit signe d'approcher. J'allai me faire un plaisir d'envoyer ce charlatan en enfer mais contre toute attente, Férone retrouva toute son énergie en rajeunissant encore une fois sous nos yeux. Une seconde d'inattention d'Ernest avait suffi. Le maître des Zakpa lutta pour se débarrasser de lui dans un grognement diabolique. Il venait sans doute de prendre conscience que de force égale, le combat n'aurait de cesse. Or il manquait de plus en plus de force, seul du sang pourrait lui apporter l'apaisement. Je le vis se libérer des bras d'Ernest en une fraction de seconde, puis se jeta sur moi. Il me bouscula avec une telle force que je lâchai le couteau. Me saisissant par la gorge, il cria :
— Je vais la tuer si tu t'approches.
Ernest nous faisait face à présent et ses yeux lançaient des éclairs.
— Essaie toujours, dit-il d'une voix menaçante. Qu'est-ce que tu attends ? Essaie…
Soudain Cewa se jeta contre nous d'une manière étrange et j'empruntai le couloir de l'oubli, le sas d'un nouveau danger. Quelques secondes plus tard, nous nous trouvions tous les trois face à un Férone surpris d'avoir les bras vides. Un rire mauvais s'éleva ensuite de ses entrailles et il cracha :
— Attrapez-moi alors, dit-il en s'élançant vers les marches, arrachant les rideaux derrière lui pour nous retenir. Mais avant qu'il n'atteigne la porte de la salle des louanges, il trouva Ernest devant lui. Il se retourna aussitôt mais ce fut Cewa qu'il rencontra. Je compris qu'il était temps pour moi d'agir et ramassai l'arme à terre pour me ruer vers eux. Mais Férone n'avait pas dit son dernier mot et bouscula Cewa avec force. Tout de suite Ernest lui attrapa les bras et les bloqua dans son dos. Mais lorsqu'il me vit

s'approcher, il remua de toutes ses forces, peut-être déployait-il là sa dernière poussée de puissance car il se libéra pour venir à ma rencontre et me gifla violemment.

— Je savais que j'aurais dû me méfier de toi, me dit-il.

Instantanément quatre bras de fer le firent prisonnier. Férone était incontrôlable, il continuait de résister agressivement en gesticulant.

— Ne perdons pas de temps, me dit Ernest en plongeant son regard dans le mien. Puis regardant l'homme qu'il privait de liberté :

— Bon voyage Férone, lui dit-il.

— On se retrouvera en enfer, dit ce dernier en lâchant un rire de possédé qui envahit mon être en le soumettant à des frissons intolérables. Ce rire… sans hésitation, je l'abrégeai en plongeant l'arme avec soin dans son cœur. Son corps se figea instantanément, puis un craquèlement se fit entendre. Nous le vîmes passer de différents stades de vieillissement jusqu'à ce qu'il se réduisît en poussière sous nos yeux. C'était fini. Nous avions réussi. Je venais d'ôter la vie à un homme sans ciller. Même s'il n'en était plus vraiment un depuis longtemps, cela ne changeait rien à mon acte.

— Vous l'avez tué ! hurla soudain une voix hystérique derrière nous.

Je me retournai et vis Efrène dans toute sa splendeur. Je l'avais complètement oubliée. À peine quelques secondes plus tard, les vigiles débarquèrent à leur tour. Cewa partit le premier en nous faisant un signe de tête, ensuite Ernest m'enlaça et nous disparûmes à notre tour, les laissant à leur réveil brutal.

Epilogue

J'étais à la fenêtre observant l'aube qui n'allait pas tarder à se lever pour engendrer une journée si différente des autres. Je n'avais pas fermé l'œil de la nuit, trop perturbée par la mort de Férone. J'étais loin de me douter que cela allait m'affecter de la sorte. J'accueillis donc l'arrivée de ce nouveau jour comme une bénédiction pour tourner la page. Je regardai le ciel un moment puis décidai d'aller marcher sur l'herbe encore fraîche. Je sortis de la chambre et empruntai le couloir. J'avais dépassé les portraits et étais sur le point de m'engager dans l'escalier lorsque je revins sur mes pas. À l'endroit même où j'avais constaté l'absence d'un tableau lors de ma première visite, je vis mon portrait accroché au mur. Était-ce donc celui-ci qui manquait ? Certainement.

— Je l'avais enlevé pour ne pas t'effrayer. Comme je te l'ai dit, je voulais faire ça en douceur, me dit Ernest en arrivant dans mos dos.

— Je t'ai réveillé, pourtant j'ai fait attention à ne pas faire de bruit, dis-je.

— Je ne dormais pas et je sais que toi non plus. Où allais-tu ?

— Dehors, profiter du lever du soleil.

— M'autorises-tu à te suivre ?

— Avec plaisir.

Quelques instants plus tard, nous étions assis sur la pelouse, offrant nos visages au ciel. C'était si bon d'être juste là, à ne rien attendre. Zina sortit de l'écurie où elle dormait et s'approcha de nous pour dire bonjour à sa manière.

— Jamais elle n'a eu envie de s'échapper ? De repartir à l'état sauvage ? questionnai-je Ernest.

-Non, elle sait qu'elle est chez elle ici, et puis elle a toujours eu la liberté qu'elle souhaitait, elle chasse régulièrement. Tu vois bien, notre demeure n'a pas de barrière.

— Je l'adore, dis-je simplement.

— C'est normal, elle est à toi.

— Comment ça ?

— Zina t'appartient, c'est toi qui l'avais ramenée à la maison alors qu'elle n'avait que quelques jours. Sa famille avait péri lors d'un braconnage.

— Oh !

— C'est pour cela qu'elle t'a sautée dessus à la cascade, tu n'imagines pas la joie qu'elle a dû éprouver en te voyant.

— Et moi qui ai cru à une attaque…

— Je lui dois une fière chandelle, sans elle, je ne t'aurais peut-être pas trouvée ce jour-là. Je n'arrive pas à croire que Cewa, Kindra, Djiantou et Olivio ont fait le sacrifice d'abréger également leur vie pour te suivre, dis-je. C'est si généreux.

— Pour nous suivre, rectifia-t-il. Et puis ils ne faisaient que te rendre la pareille.

— C'est quand même… c'est quelque chose ! Il faudra que je leur exprime ma reconnaissance.

Ernest me sourit, il avait l'air heureux.

— Et toi, je n'imagine même pas ce que tu as pu endurer, ça a dû être affreux !

Il baissa la tête puis regarda au loin, un mince sourire aux lèvres.

— Pas tant que ça finalement puisque tu es là maintenant, dit-il simplement.

Cependant, il y avait une chose que je désirais par-dessus tout éclaircir avec lui, chose que j'avais soigneusement rangée dans un coin de ma tête.

— Damée a exprimé à plusieurs reprises son désir de nous voir profiter des moments que nous partageons, je ne sais pas pourquoi mais ça ne m'a pas plu, c'était comme si… ah oui, elle a dit que tout avait un prix. Qu'est-ce que cela signifie ?

Il observa le silence si longuement que je dus le bousculer un peu.

— Alors ?

— Je ne peux pas vivre éternellement, dit-il.

— Oui, je m'en doute un peu mais…

— Le fait d'avoir fait ce que j'ai fait pour te revoir impliquait aussi que le moment à passer avec toi serait de courte durée, lâcha-t-il.

Je laissais la phrase faire son chemin en moi comme un stupide venin qui allait me priver des plus beaux jours de ma vie.

—Je… euh, si je comprends bien…

Je ne puis aller plus loin tant j'avais peur de formuler ces mots à voix haute, car je serai alors obligée de les admettre.

— Mais, je trouverai un moyen, dit-il.

— Combien de temps nous reste-t-il ? demandai-je

— Je ne sais pas, murmura-t-il.

Au son de sa voix, je devinai qu'il lui en coûtait d'aborder ce sujet.

— Combien ? insistai-je.
— Deux-mois, peut-être trois…
Il évitait de croiser mon regard.
— Pourquoi as-tu fais cela sachant le peu de temps qu'on aurait à passer ensemble ?
Il se retourna vers moi, le regard troublé.
— Tu n'as aucune idée de ce que je suis capable de faire pour toi car je ne peux pas vivre sans toi. Ce sacrifice… même pour une journée, je l'aurais fait, et même pour une seule heure, car ce qui m'importait le plus, c'était de te revoir.
— Et c'est moi qui vais devoir vivre sans toi à présent, dis-je d'une voix éteinte.
C'était injuste. Y avait-il quelque chose de pire que l'impuissance ? Non, je ne pouvais pas abandonner maintenant, nous ne pouvions pas.
— Je ne peux pas accepter ça, lui dis-je.
— Je vais trouver un moyen, répéta-t-il.
— Comment ça, un moyen ? questionnai-je en essayant de garder tout mon calme.
— J'y travaille toutes les nuits dans mon laboratoire.
— À quoi ? À un remède ?
— Oui, dit-il
— Alors ça donne quoi ? Y a-t-il un espoir quelconque ?
— Rien pour l'instant mais j'y arriverai.
— Tu n'en sais rien et je n'ai pas envie que tu passes le temps qu'il nous reste dans ce fichu labo ! dis-je tout à coup hors de moi.
Le silence retomba, lourd.
J'essayais de réfléchir mais mon esprit était complètement embrouillé.
— Je ne vois qu'une seule solution, Damée.
— Oublie ça, dit-il.
— Mais pourquoi ? C'est elle qui t'a aidé à devenir ce que

tu es aujourd'hui, alors elle peut prolonger ta vie.

— Ce n'est pas si simple, je connaissais les règles du jeu depuis le départ, elle m'avait bien dit qu'après, je ne pourrai plus revenir en arrière. Je l'ai fait en connaissance de cause.

— Si c'est une cause perdue, alors pourquoi t'acharnes-tu dans ton labo ?

— Je crois en la médecine actuelle, c'est spectaculaire. Cela n'a rien à voir avec l'époque où nous nous sommes connus. Peut-être que Damée ne peut rien pour nous mais moi si, en tout cas, je veux essayer.

— C'est injuste, dis-je.

— Je sais, cela l'est pour toi, je le conçois.

— Pas pour toi ?

— Je ne peux pas dire cela me concernant car en ce moment, j'ai tout ce que je désire. Toi.

— Au moins, je sais maintenant pourquoi tu te levais toujours la nuit. C'est loin d'être pour une obscure raison comme j'imaginais mais…

Que faire ? Je n'avais pas le pouvoir de changer les choses. Ce que j'avais là maintenant à portée de mains était plus que je n'avais osé espérer. Pourquoi ne pas en profiter tout simplement et peut-être qu'il y arrivera ? Qu'il trouvera une solution ? Je le savais déjà, mon existence à partir de maintenant allait s'écouler dans cet espoir.

— Tout ce que je veux, c'est profiter du temps qui nous reste, dis-je en lui envoyant le plus beau de mes sourires.

— En es-tu sûre ? demanda-t-il.

Avais-je le choix ?

— Parfaitement.

— Dans ce cas, madame Kadjè, dit-il en me tendant la main.

J'allais glisser ma main dans la sienne quand je suspendis mon geste.

— Qu'est-ce que tu viens de dire ?

Il sourit.

— Tu préfères mademoiselle ?

— Non, ton nom c'est quoi ?

— Notre nom, c'est Kadjè, dit-il tranquillement, ignorant mon bouleversement intérieur.

— Kadjè, répétais-je doucement.

Soudain, un rire démentiel me secoua de la tête aux pieds.

Il me regarda interloqué.

— Qui y a-t-il ?

— Non, je n'y crois pas, dis-je en continuant de rire.

— Quoi donc ?

— Non, ce n'est pas possible…

— Allez ! Eclaire-moi ! supplia-t-il.

Je réussis néanmoins à me calmer difficilement, mes yeux dégoulinant de larmes.

— C'est trop drôle… Écoute, je ne sais pas comment te dire ça mais toute la ville croit que tu vis dans les bois, tu es l'être malfaisant dont ils ont peur !

Il me lança un regard perplexe puis un sourire éclaira son visage.

— Oui, je vois de quoi tu veux parler mais en fait il s'agit sans doute de Damée. C'était elle qui vivait là-bas et comme tu sais avec ses tours de passe-passe, elle pouvait être qui elle voulait quand elle voulait, dit-il en haussant les épaules.

— Ah oui, elle vivait là-bas ? Là où je l'ai rencontrée la première fois ?

— Oui, elle a longtemps habité le village de l'autre côté de la forêt puis elle a fini par se réfugier dans sa maison dans les bois, c'était mieux pour elle. Tu sais avec les ragots, et tu viens encore de m'en donner la preuve.

— Mais je n'en reviens pas, tu sais qu'à un moment j'ai commencé à enquêter sur *lui* ou plutôt sur toi sans savoir que je te connaissais sous le nom d'Ernest.

— Pas moi, ma grand-mère, dit-il.

— Oui, je sais. Enfin tu comprends ce que je veux dire.

— Bien sûr.

— Donc, je suis madame Kadjè, j'aime… et Ernest Kadjè, j'adore.

Il se rapprocha de moi et m'enlaça, je posai ma tête contre sa poitrine. Le temps nous était certes compté mais je voulais quand même y croire. Je me rappelai d'un matin où Matty m'avait dit qu'un jour j'en viendrai à croire des choses dont je ne soupçonnais pas l'existence. Eh bien, elle avait raison ! pensai-je en regardant le soleil faire son entrée.